現代詩の母　永瀬清子

川越文子

てらいんく

現代詩の母

永瀬清子

目次

プロローグ

夏休みの早朝、わたしは岡山駅のホームに立っていました。

この駅での乗り換えは、ほとんど「新幹線のぞみ」に乗り換えのときで、今日のように、山陽本線各駅停車の神戸方面行きに乗り換えるのはひさしぶりです。

六時五十一分の電車が入ってきました。わたしの行先は、岡山駅から七つ目の駅の「熊山」です。

夏休みに入ったばかりの早い朝なので乗車客は少なく、どこにでも座れます。

「こっち、こっち」

わたしは独り言を言いながら、いそいそと進行方向右側の席に座りました。

発車するとすぐに、見なれた家並みと小路があらわれました。

「そう、そう。あの道の先に、先生の岡山の家と『銀河ステーション』の部屋があった。みんなで集まって楽しかったなあ」

また、独り言です。


わたしが、「先生」と呼ぶのは、「詩人・永瀬清子《ながせきよこ》」のことです。

一九〇六（明治三十九）年二月十七日に現在の岡山県赤磐市熊山町で生まれて、一九九五（平成七）年二月十七日、誕生日の日に八十九歳で亡くなった現代詩の詩人です。

現在でも日本のジェンダーギャップ指数は世界の先進国の中で最低のレベルですが、永瀬清子が若かったころの男と女は、もっともっとあらゆることで不平等でした。女には許されていないことが、いっぱいありました。

詩を書くことも、詩を書く女はまるでグレている女のようにいわれていた時代でした。

「それでも永瀬清子は、子どものときに『詩人になる』と決心した気持ちを曲げないで、最期まで女詩人を貫きとおした！」

まわりに誰もいないのをいいことに、わたしの声はだんだん大きくなっています。

「そんな永瀬清子のことを、今、日本中の詩人が『現代詩の母』と慕っている！」

わたしが自慢することではないと分かっているけれど、たくさんのしがらみに負けないで、いつも詩の心を持って乗り越えてきた先生の生き方を思い出すと、つい称えたくて、声が大きくなってしまうのです。

やがて電車は街をぬけて、窓のそとに緑が多くなりました。

電車と並んで、岡山県三大河川のひとつの吉井川が、とうとうと流れています。

熊山駅もこの川の土手を降りたところで、わたしは、十数年前には、たびたびこの熊山駅で乗り降りしていました。

先生が亡くなって数年後に、詩の仲間のひとりから、

「永瀬先生の生家がずいぶん傷んでいる。みんなで運動をおこして、きれいにしないか。手伝える人は手伝ってください」

と、ハガキがきたとき、わたしは迷わず手をあげました。そして企画委員のひとり

として、約六年間、せっせと動き、熊山へも、よく通いました。

詩人、永瀬清子が生まれた家。そして戦争後に東京から岡山に帰ってからの二十年間を、農業をしながら詩を書き続けてきた家です。

思い出していたら、また大きな声になっていました。

「このときの永瀬清子のことを、詩人たちは「女・宮沢賢治」と言う！」

生家の修復が一区切りしたあと、すっかり来なくなっていたのです。


でも、昨日、孫の佐菜《さな》とスマホで話していたら、佐菜がわたしの詩集を読んだと言いました。

「それで？　どうだった？」と尋ねると、佐菜は「う～ん」とうなったあと、「よかった……、でも……、詩、ってなに？」と問い返してきました。「詩ってねえ」と言いかけたけれど、「詩」をひと言で説明するのは無理というもの。今度はわたしが「えーっとねえ」とうなり返していたら、佐菜がわたしへの宿題のように言いきりました。

「お盆には新幹線にのって行くからさ、そのときにっ」

だからわたしは、そのとき佐菜に、

(女詩人の先駆者、永瀬清子の生き方を話そう。きっと、それが、詩とはなにか？の質問の答えになる。わたしもそうだった。なんとなく詩が好きで、うかんできた言葉を書きとめていたらそれが「詩」といわれて書いてきた。でも、改めて詩とはなにかと尋ねられると、あれや、これやと迷うばかり。

そんな自分が、今でも、永瀬清子が話していたことや、行動していたことを思い出すと、言行一致の生き方から永瀬先生の詩は生まれていたことがよく分かる。そして生き方を話すには生家を案内しながらがいい。そのほうが分かりやすい)

と、思ったのです。それできょうは下調べの気持ちで来たのです。


詩は自分にとっての大切なものを確認していく仕事。

打ちあけて本性をさらけ出すことの上に詩は成りたっている。ボロをみせず、とりつくろい、心の底を絶対にかくしたがっている人には詩は書けない。

（「砥ぎ辰の討たれ」　短章集『蝶のめいてい・流れる髪』）

そのとき、そのとき、自分の心をいつわらず、良し、と思う道を歩くこと。そこから出た言葉。それこそが詩だと、「詩」についての永瀬清子の言葉です。

さあ、熊山駅が見えてきました。

ホームの白い柱が、青い空に映えてきれいです。

1

お父さんとお母さん

駅舎を出て、目の前の土手をのぼって、熊山橋を渡りました。

そのまま、人家と青田のなかの一本道を二キロほど歩くと、生家の集落に入ります。

途中にある丸い石のモニュメントは、詩碑『「熊山橋を渡る」永瀬清子』です。

読んでいると懐かしくなって、しぜんに足が速くなり、佐菜への呼びかけというか、独り言がまたでてきます。

「生家を建てた清子のおじいさんは地主だったから、家はめだって大きく、庭もとびぬけてひろい家で……」

　まよわず進んで、山すその道に入りました。

「……この道は、その昔は街道だったあかしのように、和気清麻呂の墓といわれている史跡があって、先生の名前はそこから一字をとった……、あ、見えた！」

　生家は、すぐわかりました。

　清子のおじいさんは地主だったけれど、繁盛していた呉服商人でもあったので、道沿いの屋敷はめずらしく商店の構えです。

　わたしが初めてこの家に来たときは、まだ、立派な倉もありました。

「えーっと。この家の斜め前、山ぎわの高い石垣が大永瀬の屋敷跡で、永瀬清子のお母さんが生まれた家だった！」

　清子先生が、話してくれたことがありました。

「つまり父と母は幼なじみで、従兄妹のあいだがらだったんだ。それでね、どうやらふたりは子どものときから、母は三歳年上の父を兄さんのように慕い、父もそんな母をかわいいと思っていたんだなあ」

先生はお母さんからその話を聞いたとき、うれしかったのだと、わたしは思いました。そして、先生の「昔話」という詩が思い出されて、うれしかった気持ちがこの詩を書かせたのだと、確信しました。

そんなに遠い昔のことではなく
たった百年足らず前のこと
おたばこ盆に髪を結った女の子がいて
ナズナやタンポポの咲いている田舎道を
新しくできた学校へ
新家《しんや》の兄ちゃんのあとから　子犬のようについていった。
兄ちゃんは女の子の手をひいてくれ
教室ではとなりの席へ座らせた
女の子はちょこなんと腰かけて
兄ちゃんの顔を見、先生の顔を見、

そして兄ちゃんと同じに字も書いた
毎日兄ちゃんについて行ったので
幼いながら入学を認められ
そしておしまいに卒業証書も貰ったのだ

その時明治はまだ二十年代
国会も教育勅語もできたばかり
日清・日露もまだはじまらず

女の子はやがて娘になり　私の母になった
兄ちゃんも　私の父になった
筒井筒と申しましょうか
つまりはやがて結ばれて私が生まれたのです
長くかかってけれどしずかに

蝶が羽化するように私がうまれたのです

（略）

＊筒井筒《つついづつ》……仲のよい幼なじみの男女

（「昔話」詩集『あけがたにくる人よ』）

この詩に出会ったとき、わたしの母はとっくに亡くなっていたので、わたしはもう両親のなれそめを聞くことはできませんでした。でも、もし聞けていたら、わたしはもっともっと早くから、自分のことを大切に思ったと信じます。そしてそう感じたとき、詩の大切な役目のひとつを見つけた気がしました。

「そうだ。こんど佐菜に会ったときに言おう。『父さんと母さんがどんなふうに出会って結婚したのか、たずねてごらん。そして話を聞いたら、それで自分が思ったことをそのまま書いてごらん』と」

（佐菜もきっと、自分が生まれてくるまでの時間を感じて、自分のことを大切に思ってくれる！）

自分の気持ちをちゃんと言えるひとになりたい

清ちゃんの両親は、結婚したとき、お父さんがまだ京都大学の学生だったので、京都でくらしていました。

けれど初めての子の出産をむかえたお母さんは、お産を実家でしたいと思って、熊山に帰ってきました。

だから清ちゃんは熊山生まれです。そのまま二歳まで過ごしました。

そして二歳の春に、大学を卒業したお父さんが石川県金沢市の電気会社に赴任したので、清ちゃんとお母さんは金沢へ行きました。

やっと、親子三人そろっての生活です。

住まいはお城に近い里見町で、屋根つきの門があり、庭にウメやツバキなど花の咲く木がたくさん植わっている家でした。

そこで一年が過ぎて、三歳になった清子は近くの私立英和幼稚園に入園しました。ミス・ジョンストン園長先生は、やさしい声でイエスさまの教えを話してくれます。園の庭にはブランコやすべり台もあります。清子は四ツ身の着物にきりっと小さな袴、そして下駄というういでたちで、毎日元気に通いました。

そんなある日、みんなで張り紙絵をしたときです。

先生が、松のむこうに海が見える絵を前に貼って、みんなに言いました。

「さあ、みんな、海のところに色紙を貼りましょう。海は何色がいいかな?」

(海の色?)

誰も答えられません。

「清ちゃん、わかるかな?」

あてられた清子は一生懸命、海水浴につれていってもらったときを、思い出してみました。

（手を海の中に入れてみたときは、手の色がそのまま見えた。遠くの海を見たときはキラキラ光って白く見えた。帰るときには夕やけで海は赤く見えた……）

無色透明という言葉はまだ知らない清子です。無色にいちばんちかい言葉を思って、答えました。

「白や」

先生は首をかしげて言いました。

「海は白？　へんやね」

先生はそのあとみんなにも聞きなおしたけれど、やっぱりだれも答えられません。

すると先生は、

「みんな、海の色を知らないの？　海は青ですよ」

そう言って、青の色紙を絵の海のところへ、ぺたっと貼りました。

（先生は、青と決めてしまった！）

清子は、目をむいておどろいていました。

そんなことがあっても、清子は幼稚園が好きでした。日曜日には幼稚園が日曜学校になって、「愛」や「イエスさま」のことを教えてくれるので、清子は日曜学校にもでかけます。

あるとき、日曜学校の先生が黒板のまえに立って言いました。

「これから天地創造のお話をしようね。だれか三人、前にでてきて太陽と月と星を描いてほしいの。まず」

先生はふたりを呼びだしました。三人目の星の絵のとき、

「そうそう、清ちゃん、絵が得意だったね」

と、清子を名ざししました。

(星はむずかしいなぁ)

と思ったけれど、清子はこのときも、いつも見ている星のことを思いうかべて、金平糖のような形を描きました。

清子は、(描けた)と思いました。それなのに先生は、

「あらあら」

と笑って、清子の星の絵を消してしまいました。そして、

「たくさんの角ね。清ちゃん、お星さまの角は五つでいいのよ」

と、書きなおしてしまったのです。

清子は真っ赤になってうつむいて、それから心のなかで思っていました。

(先生はどうして五つと決めるんだろう？　ほんとうはわたしの絵のほうがあっているると思うのに)


清子は少しずつ、自分がじっさいに見たことや触れてみたことで答えをさぐる女の子になっていました。そうやって自分が自分で見つけた答えが、信じてもいい答えだと、清子の心の中が言っていたのです。

やがて幼稚園二年目の春になり、妹が生まれてお姉ちゃんになった清子は、幼稚園でも年少組のお姉さんです。

(お姉ちゃんだからね)

強くなっている、と自分では思っていたけれど、今度は初めて、幼稚園で泣いてしまうことがおきました。

風邪で扁桃腺が腫れたので、一日休んで出席した日のことです。先生が清子の工作を指さして言いました。

「清ちゃん、これはまえに教えたとおりではないわね。やりなおして」

清子はだまってやりなおしました。

でも先生に、また、「ちがっている」と叱られました。

(先生はわたしが昨日お休みしていたこと、忘れているんだ)

そう思ってもおとなしい清子は、大人にちゃんと説明できません。しくしく泣けてきました。泣いているとますます悲しくなって、とうとう大声で泣いてしまったもので、廊下に立たされてしまいました。

うすぐらい廊下です。泣いても涙がとまってくれません。

すると去年受け持ちだった内藤先生が、清子の泣き声を聞きつけて来てくれました。

「どうしたの、清ちゃん。今まで一度も泣いたことなかったのに」

内藤先生は清子を、自分の組の子といっしょに遊戯室へつれていってくれました。

そして泣きやまない清子を抱いたまま、オルガンをひいてくれました。気がついたとき清子は、小使いさんの部屋に寝かされていました。（大人は、なんでもわたしに決めてかかってくる。それは、まちがい！）目が覚めたとき、清子が一番に思ったことです。

そのことを清子は声に出して言いたいのだけれど、大人にどう言ったらいいのかまったく分かりません。その、言いたいのだけれど言えないことは、清子にとって、言えない自分に腹がたつし、とても悲しいことでした。

まだ幼稚園生の清子が、自分が感じたことをこんなふうにきちんと言葉にして言い表すことは無理です。

だけど清子先生は、「詩人として生きてきた長い長い時間を振り返ったとき、自分がどうして詩を書きつづけてきたのか、その一番もとの思いはこれだった」と、くっきり書いています。

大人がそのとき私にきめてかかっていることはまちがいなのだ。それを云い解くすべが私にはまだわからない。そのことの悲しさと腹立たしさ。自分のことをちゃんと云える人になりたい、それが長く詩を書きつづけている私の一番もとの願いだったのだ。

（「幼かりし日々」 随筆集『すぎ去ればすべてなつかしい日々』）

ひさしぶりに清子先生のこのメッセージを思い出したわたしは、今、すぐ、佐菜に伝えたいと思いました。

佐菜とはＬＩＮＥの仲間だけれど、でも今回は「電話する」で呼び出しました。

そして、この、幼稚園のときのエピソードを話して、尋ねました。

「どうして清子先生は、自分が詩を書きつづけてきた一番もとの願いはこれだった、と言っているのか、わかるかな？」

「う～ん」

佐菜はしばらく考えて、答えてくれました。

「あのね、自分の気持ちがちゃんと言えないから、誤解をされているってことだよね。一生懸命考えて、先生に言われたことを成功させようとしたのに、それができなかった。だからそういうときは詩を書いて、わかってもらえるようになりたい。あ、でも、……どうしてそれは、手紙じゃなくて、詩、なの？」

佐菜が尋ねているのは、文章の多い、少ないではないのです。

（ほんとだ。どうして、詩、なのかしらね）

思いがけず佐菜から詩が生まれるときを問い返されて、わたしが思ったのは、清子先生の言葉、「挫折する」でした。

挫折することのない人は信用できない。人は宿命として挫折によって「人間」を獲得する。

心をこめた仕事であれば苦しみがなくて完成しようか。愛することを知るものが悩みなくてありえようか。

よい事づくめの人は、心をこめていないか、より以上のものを求めていないか、人を押しのけていることを自覚しないか、つめたく他を見下げているか、である。

大きな挫折をもった人ではじめて他の挫折を共感することができる。人間の最もふかい感情がそこから発している。（後略）

（「挫折する」　短章集『蝶のめいてい／流れる髪』）

わたしも、大きな挫折のただ中にいる自分を感じたら、「詩のノート」を開こう。

ところで、この「短章」という仕事は、清子が独自に思いついた表現方法です。大人になって、詩作する時間がまったく持てないような忙しい日々になったときです。清子は思いついた数行を、そのときはとにかくメモのように書きとめておき、夜中にひとり起き出して、「短章」として整理していたのです。

「詩」「短章」「散文」の区別を書いています。

「詩」――内面のリズムに従って書く。長いことを要しない。しかし深い事や豊かな事を望んでいる。

「短章」――リズムの力を借りようとしていることで一種の散文詩だ。

「散文」――リズムの力をアテにしていない。伝えたい事、聞いてほしい事実にウエートがかかり、つまりはリズムの力をアテにしていない。(只、散文形で書かれていてもこれは詩だとすぐ思うものもある)

読んで心踊ること、それが詩と散文を分ける。

(『黄薔薇』一二六号「詩・リズム・定形」)

2

お母さんのなみだ

先生の子ども時代をもっと知りたくて、何度か金沢をたずねました。住んでいた町や通っていた幼稚園、金沢城や兼六園、浅野川や犀川のほとりも、てくてくと歩き、思いました。

（金沢は「加賀百万石」といわれるけれど、確かに前田利家が築いた日本一の領地を持つ豊かな国だったのだ。工芸品もその時代に栄えたものがたくさんある）

でも、いいことばかりではなかったのです。

長かった武士の時代に栄えたことで、残念だったこともあります。それは、女には人格が認められていなかった武士の時代の意識が、つよく残っていたことです。

男は狩りや漁に行き女が農業に励んでいた時代の日本では、結婚は男が女のところに通っていました。子どもは母のところで育てられ、財産も母親が持つ母系制の社会で、母親が中心の家族でした。

けれど男の仕事が狩りや漁から農業に変わると、力が強い男が生産の主になり、女は主に尽くす立場になっていきました。結婚も、婿取婚から嫁入婚になりましたが、それは、女の地位が落ちることでした。

やがて武士の時代になると、武力をもたない女は男の言いなりです。人格や人間性を認めてもらえなくなって、政略結婚の道具として扱われました。

その名残は、明治の新しい社会が始まっても、なかなか改められません。

一八七三（明治六）年に、徴兵令がしかれました。国民は皆《みんな》、兵になるという制度です。そのとき兵役の義務がない女は、男尊女卑をしかたなく承知せざるをえなくなりました。

そして、一八九八（明治三十一）年に制定された明治民法では、家族の中での男尊女卑を法令で定めていました。家をまとめる「戸主」をおき、家族はその戸主に全面的に従うという法令です。

戸主は、家長の夫か、もしくは父親です。女は家長の許しなしには何も決められず、「家」をぶじに続けるために働き、生きるのがあたりまえと教えられました。

結婚した女、つまり妻はなにも自分で決める権利がない。家のなかで夫と妻は、主人と奉公人のようで、もし夫が死んだあとでも家督（家を継ぐ跡取り）相続人は妻ではなく、長男です。

だから女は子どもに養われるという立場です。

やがて、一九〇四（明治三十七）年、日露戦争がおこると、子どもたちにも、もっと強く「男のつとめ」「女のつとめ」が教えられ、女のつとめは家庭にある、と説かれだしました。

永瀬清子が生まれたのは、この頃です。

一九一二（大正元年）、清子は六歳になりました。ふたりの妹のお姉ちゃんです。四月には小学校に入学しました。

重苦しかった明治の時代が終わって、人々は大きな解放感を感じていました。それが、民衆の、自由と平等をもとめる運動の起こりにつながりました。この動きは、「大正デモクラシー（民主主義）」といわれます。

人格尊重のこの考えは、子どもの個性や想像力を大切にしました。清子のお母さんも、子どもの個性は大切と思っていたので、清子が習いたいということはたいてい習わせてくれます。

家の斜め前に、町で大きな書店を商う「うつのみや」の本宅があって、その家へ書店の住まいから遊びにくる静子ちゃんと、清子はなかよしになりました。とても気があったので、ふたりで南画の教室へ通ったりもしました。

静子ちゃんとなかよしになったことで、町の子らとも遊ぶようになり、「ことば」に敏感な清子はいつのまにか、金沢弁でしゃべりまくりです。

「おんかいぼ（鬼ごっこ）しようか、おじゃみ（お手玉）しよか。たちこさん（五センチくらいの手造りの姉様人形）しよか、おじゃごと（ままごと）しようか」
清子は、点灯夫が脚立を肩にかついでガス灯をつけにくるまでみんなと遊ぶ毎日です。

静かな朝、小路の奥から箔《はく》を打つ音がいつもしてきた。
心を休ませる単調なその槌のひびき
かいとと　かいとと
かいとと　かいとと
淙々《そうそう》と流れる用水のほとりで
ひっそりと暮らす人の
胸に沁《し》みる生活の音。
（後略）

（「金沢の声など」　随筆集『すぎ去ればすべてなつかしい日々』）

春のひな祭りはとくに楽しみな日でした。

ひと月遅れの四月三日。雪もとけて路が乾きはじめ、歩きやすくなったころの女の子の祭りです。お母さんはお雛さまを出してかざってくれました。

「金沢のひな祭りはね、目や鼻のあるものはみんなこのとき飾らなくては、泣くのですって」

そう言ってお母さんは、お父さんのおみやげの熊のぬいぐるみまで、かざってくれました。

みんなは、かわるがわるに友だちの家におよばれしていきます。遊びあきたころになると、ごちそうの折詰がでてくるのです。

そんな楽しいひな祭りで、静子ちゃんの家へおよばれしたときです。

「ごちそう、やまもりや」

「たんと、たんと、食べよな」

みんなが浮かれて騒ぎながら食べていたら、しゃきっと姿勢がよくて、きりっとした感じのおばあさんがすっと座敷に入ってきました。

おばあさんは、じろりとみんなを見まわすと、ゆっくりの口調でみんなに注意しました。

「女の子やさかい、しなしな、食べまっしっ」

清子はそのとき、しなしなという言葉の意味を思いました。

(きっと、おとなしく、だろうなぁ。でも……、女の子だったらどうして、おとなしくしないといけないのだろう?)

「どうして?」


このときの疑問は、清子がはじめて感じた「女だから」という言われかたでした。なぜなら両親はとても仲がよくて、口げんかさえ見たことがなかったからです。

ところが、ある日、清子のうちでもお父さんがお母さんを泣かせることがおきました。

お母さんはもうすこし世の中を知ろうと思い、初めて講演を聞きに行きました。帰りが、お父さんよりすこしだけ遅くなったときでした。お父さんは、お母さんがいくら早く帰れなかった訳を話しても許さず、とうとうお母さんを泣かせてしまったのです。

（……お母さんが、泣いている。お母さんはちょっと遅くなっただけなのにお父さんはあんなに怒って……。お父さんはもっともっと遅くなったことが何回もある。なのに、どうして、お母さんがお父さんより遅くなったらそんなに怒るのっ）

清子は、お父さんに腹がたってしかたありませんでした。

そして清子は、大人になっても、このことを忘れることはありませんでした。のみならず、思い出すたびに二つのことを自分に言い聞かせました。

一つは、「後もどりしないこと」。

ただ従うことや我慢することが続いていた女の長い歴史は、武士の時代が終わってもいっこうに変わらなかった。一日も早く、男も女も、武士の時代の意識からきちんと抜けだすこと。

あと一つは、「理不尽なことには誰よりも敏感で声をあげるのが詩人」という矜持です。

清子はこうして、一歩ずつ、自分が納得の生き方を身につけていました。

清子の読書

清子は本も大好きでした。

九歳のとき雑誌『幼年世界』を買ってもらいました。それまでの、ほとんど絵の頁という本ではなくて、創作童話や動物の記事もあるのです。嬉しくてたまりません。

兼六園の中の図書館へも、ひとりで通いはじめました。

高木敏雄、巌谷小波の昔話や、日本お伽噺、世界お伽話などを手あたり次第に読みます。

和尚と小僧さん、ばか息子とかしこいお母さん、動物の知恵くらべの話、弱い者がつよい者を負かすお話などに、「アハハハ」と声をあげて大わらい。

(昔話っておもしろいなあ。読む、って楽しいなあ)

清子は読書の楽しさを知ったのです。

グリム童話、アンデルセン童話、ギリシャ神話、それから、ガリバーやロビンソン・クルーソー、クオレなど、スケールの大きな外国の物語はとても新鮮でした。

それらのなかで特にこころにのこったお話は、ローラ・リヤーズの『おかの家』ですが、清子はこのお話を、「光っている窓」とおぼえていました。


貧しい農家に、男の子がいました。

作男を雇えないので、その子はいつも父親を手伝って畑仕事です。そして、夕方の一時間だけ、父親が「遊んでいい」と自由な時間をくれるので、そのときにはいつもきまって裏の山へ登ります。すると遠いところに、金色に光る窓をもった家が見えるので、男の子はその家へ行ってみたいとつよく思っていました。

けれど、しばらく見ているといつも光らなくなるので、家へ帰るのでした。

ある日、お父さんが言ってくれました。
「よく働いてくれたので、仕事がすっかり片付いた。今日は一日ひまをあげるから
すきなだけ遊んでおいで。けれど、何かひとつはいいことをみつけてくるんだよ」
「はい」
男の子はよろこんで、（今日こそ、あの金色の窓の家を見つけるぞ）と出かけま
した。
そして長い道を歩いて、遠い丘の上の、あの金の窓をはめた家をたずねていくと、
中からおばあさんが出てきて言いました。
「窓に金なんかはめるものかね。ガラスのほうがよほどよく見えるよ」
それからおばあさんは、男の子と同じ歳くらいの女の子を呼んでくれました。
ふたりで石段に腰をかけ、子牛を見たりして遊んだあと、男の子が金の窓のこと
を話すと、女の子は、
「わたしもそんな窓を知っているわ。だけどそれはあべこべの方角だわ。そしてそ
の窓は、夕方お日さまが入る前の少しの間だけ見えるのよ」

と言って、男の子を丘の上へさそいました。

いっしょに丘へ登って丘の上から見ると、たしかに遠くに金の窓をもった家が見えました。ところがふしぎなこと、それは向うの丘の上の男の子の家なのです。

男の子は女の子に、自分が宝物にしていた白い石や木の実をやって、急いで帰りました。


これが、清子がおぼえていた「光っている窓」のストーリーです。

そして清子は、この物語の最後を、(男の子は、貧しい自分の家にも金の窓があることを、はじめて知ったのです)と読みとり、大きな声でひとりごとを放ちました。

「だから、わたしの中にも、きっと、きっと、照らされたら光るものがあるっ!」

物語からも励ましをもらい、本から本へ、知識の波を乗り越えていく清子です。

読みかけの本が一山

書きかけの原稿紙一山
冬の夜の巨きい波が
私を越えていった。
いま、サーフィンの私なのです。

（「サーフィン」　短章集『焔に薪を／彩りの雲』）

やがて、一九一八（大正七）年春、十二歳になった清子は、高等女学校に入学して女学生になりました。

その年の九月に、永瀬家に初めての男の子、誠一が生まれました。もちろん両親は、「これで跡継ぎができた」と大よろこびです。

高等女学校三年生のころからは、清子はクラスメートと短歌グループを創って、その短歌を国語の先生にみてもらったりもしています。

もう子どももむきの本では物足りないのです。家にあった泉鏡花や上田秋成のものをむさぶり読む毎日です。

泉鏡花の『草迷宮』や、上田秋成の『雨月物語』に読みふけりました。『雨月物語』の中の一篇、「白峰」は、四国の讃岐、白峰の地に、平安時代の歌人の西行が、保元の乱で敗れて讃岐に配流されたまま悲運な生涯を遂げた崇徳上皇の菩提を弔おうと訪ねたときのこと。西行と、怨霊になった崇徳院は、歌（和歌）を交わしあい、やがておだやかな顔になった崇徳院の怨霊は消えていった、という物語です。

歴史の中の和歌にも惹かれる女学生になっていた清子は、二階の窓に腰をかけて、いつも、何度でも読んでいました。

3

十六歳の春から秋

めぐまれた経済力とお母さんの深い愛情につつまれて、清子の子ども時代は楽しい日々でした。でも、みんな、いつか大人の社会を知るようになる。

清子の「いつか」、は、十六歳だったようです。

一九二三（大正十二）年、三月、清子は石川県立第二高等女学校を卒業しました。

そのあと、清子は京都の女学校高等科に進学希望でした。でもお父さんが進学のことで校長先生に相談に行ったとき、校長先生はお父さんに言ったのです。

「お宅の娘さんは新しい思想にかぶれやすいから、手放さないほうがいい」

京都行きは許してもらえず、清子は近くの私立北陸英和女学校補習科に通っていました。

その春です。家に婦人会会長が来られてお母さんに言いました。

「婦人会で万葉集の先生に講義をお願いしたので、お聴きになりませんか」

お母さんは「誠一の世話で忙しいから」と、乗り気ではありません。お母さんは跡取りの誠一の成長に、とくべつ熱心なのです。

(お母さんが行かないなら)

清子は自分から申し出ました。

「わたしが行ってもいいですか?」

「いいですけど、大人ばかりですよ」

そんなことはちっともかまわない清子です。ふだんはとてもおとなしいのに、自分が本気でやりたいと思うことに出会ったら、ひるまない女の子なのです。さっそく、「うつのみや書店」に行き、『万葉集略解』を買いました。

会場の尾山神社は、前田利家とお松の方をまつっており、いつもお参りするひとが絶えない神社です。

ひろい座敷で講義が始まってみると、ほんとうに学生は清子だけでした。

その講義の最中のこと。

風が、開け放った縁側からさーっと一時に吹き入りました。

満開の桜の花びらをのせた春の風は、花びらで座敷じゅうをふわりとつつみます。

(なんて、美しい光景だこと)

清子は、歌ととけあった現実の場面にも大きく感動する自分に、気がつきました。

あと、もうひとつ、この日のことで忘れられないことがありました。それは帰り道でのことです。

講義のとき見かけていた男の人と女の人が、清子の前を親しそうに歩いていました。

でも、男の人が女の人に、「あなたが今すこし強くなってくださいませんと」と、とがめるように言うと、女の人は、「わたしもそう思いますけど、なかなか思うようになりませんのよ」と答えたあと、並んだ清子を見て言ったのです。「この方みたいに何の苦もない年頃の方がうらやましいわ」

（あれ、ま）

花盛りの桜並木の下を、ふたりを追いこしてすたすた歩きながら、清子はなんとなく、自分が一歩、大人に近づいているような気になりました。


それから数十日後の、夏の初めです。

金沢の町は大雨におそわれました。

街をつらぬいて流れている犀川の水があふれて、川に近い家々は水びたしです。

清子の家はそのころ本田町だったので危険はなかったけれど、以前に住んでいた所の細い川はとっくに水があふれて、いつもの道はとてもじゃないが歩けないと、大人が話しています。

「なんと、完成したばかりの犀川大橋の橋げたが折れたそうだ」

半鐘も鳴りっぱなし。

清子が、不安がる妹たちをなだめていたときです。犀川の上流の村から清子の家へきていた、お手伝いのお時おばさんの家から知らせが来ました。

お兄さんの息子二人が炭焼きの木を伐りに行って崖くずれにあい、二人とも亡くなったという知らせです。

「兄さんの子どもは三人です。うちのふたりがいっぺんに、です！」

お時おばさんは泣きながら、油紙で着替えを包んで、ザーザーと降る雨の中を帰っていきます。

（山の土の、下敷きって…………）

その様子を想像した清子は、大人のようにやりきれない悲しさを、感じていました。

大雨がやんで数日後に帰ってきたお時おばさんは、泣き泣きかわいそうな兄弟のことをお母さんに話していました。

そんな悲しいことがあっても季節は移って、本格的な夏が始まったころでした。

卒業した小学校の同窓会を開こうという誘いが、清子のところへもきました。計画も実行も卒業生だけでやろうと、若者ばかりが集まって案をねります。男子もいるので、大々的にやろうという案もでて、みんなの気持ちは高まるばかりです。

そのうちに、連絡をとりあうことを兼ねて、雑誌を出そうという声があがりました。

本の体裁を考え、割り振りもして、主事先生に来てもらいました。

「同窓会誌として雑誌を出したいのです。いいでしょうか」

いちばん積極的だった常盤さんがうかがうと、先生は、「悪い考えというのではないが、学校としては認められない」と、ぴしゃり。

みんなも頼んだけれど、先生の返事はかわりません。

すると常盤さんは、「なるほど。先生のお考えももっともです。ね、先生。せっかく思い立ちましたが、この案いさぎよく撤回します」と、きっぱり言いました。

「雑誌」を出す、という思いがけない楽しみが消えて、そのとき清子はとてもがっかりしていました。ところが、先生がその返事に満足して帰るとすぐでした。常盤さんは「おい、みんなっ」と清子たちに言ったのです。

「今のは策略なんや。僕らは一応学校の考えをたしかめたけど、それに束縛をうける義務はない。やろうぜ。これから」

清子はその言葉におどろき、常盤さんの処世術というか、社会のなかでうまく生きていくための知恵を見ました。

それは清子が初めて、仲間に見た大人の顔でした。

（なんだか、春からまだ半年なのに、今年はいろんなことがあるな）

桜ふぶきの尾山神社や、町が水びたしだった大雨のとき、真夏の緑の下で同窓生が集まって雑誌をつくろうとした熱気などを思いだしていた清子に、またひとつ、心ゆさぶられることがおきました。

九月になって、お父さんの転任が決まったのです。転任先は名古屋です。

金沢を離れる日には、駅に大勢の人が見送りにきてくれました。そのなかに、幼稚園のときの内藤先生や仲よしだった友だちの顔が見えます。

二歳で金沢に来た清子にとって、思い出すことの全部が金沢弁や金沢の町が舞台のできごとです。

(そして、今のわたしは、大人の世界もすこしは見えてしまう十六歳なのだ)

自分の子ども時代が終ったような気がしながら、清子は汽車の窓ぎわの席で、そっと自分に言いました。

「わたしは、これから何をしたいのだろう? 何になりたいと思っているのだろう?」

これまでの、自分が経験してきた時間が改めて思い出されます。


今私の出あっている事、それはつねに千載一遇の事である、と信じ、だからつたなくも書きとめておくのだ。

三月一日。月と火星と木星が一番近づいて一カ所に集まり、それはきれいだった。

又今日四月末日には金星がすばらしく西空で光り、まるでその回転速度で水しぶきをはねとばしている水車のように見えた。それも今日が彼女の地球への最近接の日だったのだ。

本当は毎日が、つねに何等かの意味で千載一遇なのであり、私たちは毎日ハッとし、毎日驚く事に出あって居り、それを知らないのはつい見過ごしているだけなのだ。

（「私の出あっていること」短章集『焔に薪を／彩りの雲』）

詩人になる決心

「この名古屋に住んでいたときだよ、詩人になる決心をしたのは」と、清子先生がわたしに話してくれたことがありました。

清子は、金沢を発つとき、自分は何になりたいのかと、自分に問いながら名古屋に来ました。

その翌年の一九二三（大正十二）年、二月のことです。

下の妹の妙子が、大腸カタルで入院する事態になりました。下痢がひどくて付き添いがいるのだけど、お母さんは誠一がまだ小さいので、無理です。

友だちもいなくてしょんぼり裁縫教室に通っていた清子は、両親に向かって言いきりました。

「わたしが、します」

そして一か月間、清子は妙子に付き添ってちゃんと看病をしました。どうにか収まってきたというとき、お父さんが清子に話しかけてきました。

「よく看病をしてくれた。ほうびに何でもほしいものを買ってあげよう。何がいい？」

清子はまよわず、新聞広告で見ていた本のことを言いました。

「これを買ってください。『上田敏詩集』です！」

その時代に、女で詩を書く人はほとんどいませんでした。

男でも詩を書くのはなまけ者と思われていたので、両親もほんとうは反対でした。けれど清子は今まで何もねだったことがなかったし、お父さんもいったん言ったことなので嘘はつけないと思い、書店で取り寄せたその詩集を病室に届けてくれました。

これまで、いろんなジャンルの本を読んできた清子です。でも、

(この本はつくり話ではない。人が、思ったことを思うままの言い表し方で書いている本なのだ!)

と思うと、胸がわくわくします。

清子は、早春の光が明るい病室の、妹の枕もとで、何度も繰り返して、その『上田敏詩集』を読みました。そして、

「これを、詩というのか!」

初めて読む「詩」に、言葉で言い表せないほど深く感動しました。

（短歌とは違う。形にとらわれなくていい。自由に思うことを書いていい。話すことで相手にうまく気持ちを伝えるのが苦手な自分だけれど、これなら、この詩というものなら、わたしも自分の気持ちをきちんと相手に伝えることができる！）

「わたしは、詩人になる。詩人になるよりほかはない！」

こうして、十七歳になったばかりの清子は、詩人になる決心をしたのです。


清子が初めて「詩」というものを知った『上田敏詩集』の上田敏は、一八七四（明治七）年に生まれ、一九〇五（明治三十八）年に、西欧（西ヨーロッパ）の近代詩人二十九人の詩を訳した訳詩集、『海潮音』を出版しました。その後、一九一六年に四十二歳の若さで亡くなった上田敏の、全詩集をおさめた『上田敏詩集』（編纂者　山内義男）が、一九二三年に出版されました。

清子が買ってもらったのは、この詩集です。

清子は詩集の中の一篇、ギリシャの女詩人サッフォの詩に特にひかれました。

その詩を紹介しつつ、詩について書いています。

夕づつの清光を歌いて

汝は晨朝《あした》の蒔き散したものをあつむ
羊を集め、山羊《やぎ》を集め
母の懐に稚児《おさなご》を帰す

サッフォ（上田　敏訳）

私たちが詩を書くということの中には、不安定な世の中で、これだけは何とか流さずにすませたいというものを一所懸命に書きとどめておくという、そんな願望が入っていると思うのです。・・・人間の感じる美しさや、悲しさ、慕わしさといった感情はあまり変わらないので、日本にも千年以上も前の名もない人の歌もいまに残って居りますし、言葉は変わっても外国の詩にも同じく感動することもできます。この詩は今の私たちの生活には少し縁遠いかもしれません。夕方はいそがしく、まるで空など見るひまもない今の人々にとっては。

でも、詩は一つの願望でもあるのです。

（永瀬清子）

（「ほとばしる詩の意味」部分　随筆集『光っている窓』）

「詩人になる」と決心したこの頃、清子はふたりの従兄と何度か話す機会がありました。

ひとりは、京都大学の学生の純夫《すみお》さんでした。お父さんが台湾で教師をし、そちらで暮らしていたので、ひとり下宿生活の純夫さんは、大学が休みのときによく清子の家へ来ていたのです。

いつも誠一と遊んでやってくれるやさしい純夫さんに、清子は話しました。

「詩を書いているのよ」

すると純夫さんは真剣な声で、言ってくれました。

「詩を書き続けるなら、単に感性のみに頼ってはいけない。ひろい社会や世界をじゅうぶんに知らなければいけないのだよ。だから、せめてこれだけのものはちゃんと読んで」

そう言って、『心理学』、『経済学』、『世界地図』ほかにも、清子が知らない本も多い、「必読書のリスト」を作ってくれました。

清子はおこづかいを貯めて、一冊、また一冊と買って読みました。

もうひとりの従兄は正雄さんで、正雄さんは大学で絵画を学んでいます。清子も絵が好きです。

あるとき両親の勧めでいっしょに京都見物に出かけ、嵯峨野で食事をしていたときです。正雄さんが話しはじめました。

「ぼくの絵を小出楢重画伯に見てもらいに行ったんだ。それで、ぼくに絵の才能があるかどうかたずねるとね、画伯は『最初に才能があるかどうかはごくささいな区別なのだ。それより、いかに長く描き続けうるかが最後の問題なのだ』と言われたよ」

純夫さんの具体的な励ましも、正雄さんが話してくれた小出画伯の言葉も、「詩」という道を自覚した清子には忘れられない、教え、です。

目の前にひろがる詩の世界へ、「いざ、入らん!」と、清子は自分をふるい立たせていました。

4

詩の歴史

「ところでね、佐菜ちゃん」

わたしは生家の庭の、井戸小屋の柱にもたれてスマホを取り出しました。

詩の歴史を話したくなったのです。そのことも、永瀬清子が歩いてきた詩の道を分かってもらうのに、いい方法だと思ったからです。

「なに？」

佐菜は明るい声でした。

「さっきの続きだけどね、いま、みんながふつうに「詩」と言っているのは、長い詩の歴史のなかでは「現代詩」といわれている詩なの。知っていたかな?」

「ううん」

「そうね。そうじゃないかと思ったの。じゃあ、これから詩の歴史を書いた手紙を送るから、届いたら読んでおいてくれるかな?」

「わかったぁ」

元気のいい返事です。わたしは「なんでもノート」を開きました。このノートは何を書いてもいい、詩でも手紙でも、思いついたとき、すぐに記録するために、いつも持っているノートです。

佐菜に伝えようと思いついた「詩の歴史」を、つづり始めました。

佐菜さま
さっきスマートホンで話して、そのまま生家の庭にいます。
ここは周りがぐるり低い山々、それに今日は青田を渡ってくる風があって涼しいよ。

だから、このままここで始めますね、詩の歴史を書いた手紙です。

今、みんなが「詩」といっているのは、長い詩の歴史のなかで、「現代詩」といわれている詩です。

もう一度、確認！

「現代」を辞書でひくと、①現在の時代。②日本史では第二次世界大戦後、とあります。第二次世界大戦が終わったのは一九四五（昭和二十）年八月十五日でした。そして、「現代」の前は「近代」だけど、「近代」を辞書でひくと、①日本史では、明治維新から第二次世界大戦終結まで、とあります。

近代より前は江戸時代で、江戸時代に詩といえば「漢詩」でしたよ。ほかにも短歌、俳句、川柳のように、形の決まっているもの（定型）のみでした。

「近代」のときの人々は、その和歌や俳句などのことを、「旧体詩」といっていました。

「旧体詩」から、詩が定型のカラをやぶって自由詩型になったのは、その時代の詩人たちが、いままでの決まり型の表現方法だけでは、もう、書きたいことが思うように書ききれない、と感じたからです。

でも、それなら、その旧体詩ばかりの「近代」の時代に、どのようにして、どういう形で「近代詩」という詩が始まったのか?

「近代詩」の起こりは、一八八二（明治十五）年に出た『新体詩抄』と考えられています。(「新体詩」とは、「旧体詩」に対する言葉でした。「詩鈔」とは、詩を抜き書きした書物のことね)

この詩抄は三人の学者が、「新しく発展しようとする日本にとってよいものを」と、シェークスピア他の外国の詩人の詩を訳したものと、自分たちの五編の詩を載せた詩の本です。——けれども内容も形式もまだ近代詩とは言えない。言えないけれど、これまでの和歌や俳句と違った西欧流の「ポエトリー」をめざしているので、確かに日本の詩がここから出発したことを否定するわけにはいかない——。それが

『新体詩抄』でした。

その後、北村透谷（一八六八（明治元年）～一八九四（明治二十七年））が、日本の詩の近代化をはじめました。けれど透谷の自由をめざした情熱は、きちんと発表することができないうちに、作品は未完成のまま、透谷は二十六歳で亡くなりました。

そんな世の中のうごきをちゃんと感じながら、自分の気持ちを書いた詩を発表したのが、島崎藤村の『若菜集』一八九七（明治三十）年だったのよ。だけど、その藤村の詩の新しさは、形式的な面からいえば、まだ古風さからぬけていなかった。

一九〇七（明治四十）年、川路柳虹らによって、「**口語自由詩**」が起こりました。つまり、「口語＝日常の話し言葉」で、「自由＝定型にとらわれないで心の動くままにつくる形式も内容も自由な詩」。今、みんながふつうに「詩」とよんでいる

「詩」。

やっと、ここで、全面的に自由さをこころみる詩人ができました。でもまだそれはちいさな動きでした。

一九〇九（明治四十二）年に、北原白秋の第一詩集『邪宗門』が出て、二年後には『思ひ出』も出ました。白秋の童謡の詩、「このみち」や「まちぼうけ」は、今も広く歌われているよね。

一九一四（大正三）年には、高村光太郎の第一詩集『道程』が出ました。約四十年間、いつのときも誠実な人柄が表現されている詩でした。『智恵子抄』は愛をあらわした詩集。永瀬清子の二冊目の詩集に跋文を書いてくれた詩人です。

つづいて、山村暮鳥、堀口大学、佐藤春夫、室生犀星、西条八十、などの詩人がでてきました。

そうして、萩原朔太郎の第一詩集『月に吠える』と、第二詩集『青猫』です。一九二三（大正十二）年に出そろったこの二冊の詩集でもって、詩人たちは、「口語自由詩の最初の成功」、「**口語自由詩の完成だ！**」とよろこびあい、朔太郎をたたえました。

これが、「詩」の歴史なのよ。だから清子先生は、先生が生まれた次の年に「口語自由詩」がおこり、「口語自由詩」が完成したという年に、（自分は詩人になるより他はない！）と決心したという、不思議な関わりです。

佐菜ちゃん、手紙を書き終わったら、急にセミの鳴き声がにぎやかになりました。セミたちもいっしょに、詩の歴史を復習していたのかな。

では、また、会えたときに。

おばあちゃんより

ほんとに、セミの声がワンワンと庭にあふれていたことに、わたしはいま気がついたのです。

さあ、「詩人になる!」と決心したばかりの清子のところへ、思いをもどさなくては!

詩の師

中央の詩人達の萩原朔太郎をたたえる声も、まだ心の中で「詩人になる!」とさけんでいるだけの清子のところまでは、聞こえてきません。

それに清子は、ちょうどその頃、愛知県立第一高等女学校に、高等科英語部が新設されたというニュースで気もそぞろでした。

――政府には「女子高等教育の場をもうけてほしい」という声が多く届いていま

した。だけど、男尊女卑の思想のままの政府は、まだ早い、としりぞけて、代わりに多くの高等女学校に専攻科をもうけていました。専攻科の主な授業は修身・教育などで、おしえる教師は教師の資格がない者でもいいのです。それにくらべて高等科は、ほとんどが高等学校教員免許保持者であること、とされています。

清子の思いは、めらめらと燃えあがりました。

（金沢に高等科はなかった。そしてお父さんは京都での入学を許してくれなかった。だけど今度はこんなに近い。これをのがしたら、もう進学の機会はない！）

詩人として生きる決心をしたばかりです。

「もっと、学びたい！」

このとき、自分の口べたがわかっている清子は、両親にむけて、高等科進学を許してくれるよう、思いの限りを書いた手紙を渡しました。

いつも清子の味方のお母さんが、お父さんに言いはりました。

「あの子は、もっと勉強をしたいのです。思いは隠れてでもはたす子ですよっ」

お母さんの語気の強いこと。お父さんもこんどはうなずきました。

「そうだな。まだ結婚には早いし、学校も近い。許してやるか」

さあ、英語の猛勉強です。二年間のブランクがあります。

清子は一心不乱にがんばりました。

そして、どうどうと合格しました。

授業で「春」のことを「スプリング」と言うだけでも、日本語とはちがって光を感じる新しさで、清子は元気がでてきます。

はりきっていました。


ところが、そんな春から間もない七月のことです。

一家に、とても、悲しいことがおこりました。

お客さんが来たので、寿司屋から寿司をとってもてなしました。

よろこんでいっしょに食べていた五歳の誠一が、はげしい下痢と高い熱で、その夜のうちに亡くなったのです。

お父さんのしょげた顔を、清子ははじめて見ました。

けれど、へなへなと座りこむお母さんのようすは、お父さんもほうっておけないほどです。けんめいになぐさめています。

でもお母さんは立ちあがれません。

（お母さんは、家事や育児にぜんぶの時間をささげていたので、自分がうち込めるものをなんにももってないのだ。だから少しも気持ちが横に向けない……）

お母さんの哀しさが、もうわかる清子です。

そして、法定家督相続人の男児が亡くなったことで、長女の自分がその立場を背負わされたことも、わかる清子です。


清子は、いまの気持ちを書いておきたいと思いました。

（それにふさわしい言葉は、「詩」だ。でもじっさいに詩作をするには、もっと具体的な詩の勉強がしたい）

そんなとき、本屋で『日本詩人』という雑誌を見つけたので購入しました。

開いてみると、編集後記に佐藤惣之助先生が、「これから『詩之家』という同人誌を創刊し、添削部ももうけるので、希望者は詩十編に金三円を添えて送られたい」と書いてあります。

「これだ！」

さっそく清子は、詩十編を送りました。

惣之助先生から返ってきた原稿には、びっしりと赤い字の忠告があるけれど、「見どころがあるから、つづけて書くように」という励ましもあります。

また送りました。こんどはその詩を『日本詩人』に載せてくれました。

そんなふうに、惣之助先生にはいつも元気づけられました。

でも、きびしく悟されたこともあります。

「詩を書くには、自分の眼で見ること。今までの既成の詩の言葉などは忘れて、自分自身の言葉で書くこと。
佐藤惣之助」

清子はこの教えを、それ以後いつも自分に言い聞かせて、詩作にむかいました。

5

めずらしい約束を交わした結婚

「よい詩が書けるようになりたい」と、清子は学校の勉強にのめり込みました。

そんな清子の気迫を感じていた英語の吉岡千里先生は、ある日、清子を呼びとめてさそいました。

「僕の家へ来ませんか？　大学のときの友だちが来ています。君が会ったらきっとプラスになると思う」

先生の家を訪ねた清子は、ヨーロッパ、アメリカ、ロシアの文学を研究している、宮川哲郎という友人を紹介されました。宮川先生はタゴールやホイットマンやブレイクなど、外国の詩人たちをつぎつぎに教えてくれます。

清子は、ウィリアム・ブレイクにつよくひかれました。ブレイクの有名な言葉は、「一粒の砂に世界を見る」です。きっと清子は、童話「光っている窓」で感じたことと同じように、「自分も、ひろい世界につながっているのだ、つながっていく力があるのだ」と思ったのです。

お母さんはいつも、「家事は大人になれば自然にできるようになるから、それまではそのときできることをしなさい」と言ってくれていました。

ところが最近、お母さんもお父さんと同じに、清子に結婚をほのめかすのです。

ふたりとも、清子が女学校を卒業したら、すぐに結婚させようとしています。

お母さんがささやきました。

「婚期をのがしてはいけないからね」

お父さんは大きな声で言います。

「清子は法定家督相続人だ。結婚して永瀬家を継がなきゃいかん。分かっているだろ」

だから相手は養子として永瀬家に来てくれるひとでないといけない、と、お父さんのいうことは、「家」を思ってのことばかりです。

(わたしの気持ちより、家のことしか気にかけていない)

結婚をしたら、お母さんのように家事に追われる一日だと、わかっています。すぐに母親になって自分の時間はなくなってしまうとも思います。

惣之助先生が紹介してくれた名古屋の詩の同人誌に、詩をもう寄稿している清子は、絶望的な気分になりました。

でも、せめてひとつだけ、かなえたいことがある。それは……。

(詩を書くこと。わたしは、詩を書きつづけることだけは守っていく。どんな相手と結婚をしても、詩を書く自由だけは決して手ばなさない!)

詩を書く自由、というのは、詩作のための時間や行動ばかりではなく、書く詩のなかに自由に自分の気持ちを込めるという、内容のことも含めてです。

(それができる結婚をしよう。結婚で手に入る自由をさぐっていくほうがよい!)

清子はそう決心して、そのためにはどうしたらいいか、と考えました。

相手は叔母さんが紹介してくれた、東京大学を卒業して大阪の生命保険会社に勤めているひとです。まじめで清潔なところがいいと思いました。

一九二七（昭和二）年の秋、二十一歳の清子は、七歳年上の長船《おさふね》越夫と結婚式をあげました。

式をぶじに終えると、いよいよ、自分が考えていたことを実行するときです。

ふたりきりになるのを待って、夫になった人と向きあい、清子はきっぱり言いました。ひるまず、一気に言いました。

「わたしは詩を書くことを一生の仕事にしたいので、そのことだけは決してとがめないでください！」

すると、女が詩を書くというだけで機嫌がわるくなる男がほとんどなのに、越夫さんはあっけないほどあっさり承知してくれたのです。

それは、この時代には、とてもめずらしいことです。

（よかった。とにかく、約束をしてくれた！　これでわたしはどんなにたいへんでも、生涯、詩を書きつづけていける！）

清子の決意のかたさを、越夫さんはわかっていたのかどうか、とにかく、まずは大阪でのおだやかな結婚生活がはじまりました。

森小路の新居の窓からは、淀川の河川敷が見わたせます。高く茂っているヒメムカシヨモギが、ルソーの絵の熱帯森のようです。

清子はその景色にいやされながら、せっせと詩作に励みました。

惣之助先生の大阪の「詩の家」、同人にもなりました。同人のなかでとくに親しかった五人で、「五人」という小さな雑誌をつくったりしました。

詩作も、詩の仲間と集まるのも、越夫さんが会社にいるときなら自由です。それに、日曜日に机にむかうことがあっても約束を守って、おこらないでいてくれます。やさしい人だと安心していた清子です。

ところが、そうでないときがありました。

ある日、惣之助先生から「大阪のＮＨＫへ仕事で行く」と知らせがあったので、仲間と放送局をたずねました。

そのあと先生とみんなで奈良へ行ったので、帰りが予定よりおそくなったのです。清子が家に着いたとき、もう帰っていた越夫さんは、鍵を内からかけていました。のぞいてみると越夫さんは机の前に座ったまま、そっぽを向いています。いくら戸をたたいても、見向きもしてくれません。

清子は、越夫さんに聞こえる声で言いました。

「それなら私はここで夜明かし、します」

そして戸口にしゃがんでいたら、しばらくして、やっと戸はあけられました。

でも、そんなことがあっても、清子の詩作はとまりません。

二十二歳の秋には長女の美緒が生まれて、清子は母になりました。


そよ風の吹く日にお前は来た。

突然天からころげ落ちたやうに泣きながら。

お前のために何でも堪え忍ぶよという叫びが

牝獅子やなんかが思うように
その時突然私の中におこった。

（「そよ風のふく日に」詩集『大いなる樹木』）

ひとつの命の誕生は何をおいても嬉しい。愛おしい。神々しい。この命の為ならわたしは何でも耐える。母親になった喜びと威厳があふれでている詩です。

詩への思いは母親になっても止まることはありません。むしろ赤ん坊を見て、その成長を書きとめておきたくなるほどです。

幸いすぐ近くに家主の夫婦がいて、なにかと助けてくれます。

清子は初めての育児と家事に追われながら、やっぱり毎日詩を思って、楽しく暮らしていました。

でも、ちまたでは、そのころ不景気で生活に追われているひとが多くいました。

一九二九（昭和四）年十月、アメリカのニューヨークで株価の大暴落がおこり、それはたちまち世界中にひろまって「世界恐慌」となりました。日本も大きな影響をうけて企業の倒産がつづき、街には、失業者があふれていました。

第一詩集『グレンデルの母親』

一九三〇（昭和五）年、清子は二十四歳です。

これまでの詩の中から選んで、詩集を出版したいと思いました。その第一詩集のタイトルは詩集の中の一篇と同じ、『グレンデルの母親』としました。

「グレンデル」というのは、中世イギリスの英雄物語で英雄ベーオウルフに退治された怪物の名前です。ベーオウルフは討った怪物グレンデルの腕を、みせしめのために城の上にかかげていました。それを知ったグレンデルの母はひとりで城にのり込んで息子の腕をとり返しました。けれど最後には母親も英雄ベーオウルフに退治されてしまう、というお話です。

清子は、みんながほめる勝利者の立場ではなく、やられた怪物の母の立場にたっています。

（たとえ我が子が嫌われ者であっても、母にとっては取り返したい息子の腕のはず。母親の立場、負けた側の立場を理解する者、それがほんとうの詩人だわ）

そう信じて、詩「グレンデルの母親」を書いたのです。

そして、この「負けた者、弱い者の立場にたって」という姿勢は、詩人・永瀬清子のびくとも揺らがない生き方でした。

グレンデルの母親は
青い沼の果の
その古代の洞窟の奥に
（或は又電柱の翳さす

冥い都会の底に)
銅色の髪でもつて
子供たちをしつかりと抱いてゐる。

古怪なるその瞳で
蜘蛛のやうに入口を凝視してゐる。
逞ましい母性で
兜のやうに護つてゐる

子供たちはやがて
北方の大怪となるだろう
(或は幾多の人々の涙を
無言でしつかり飲みほす者となるだろう。)

棲槍たる犠牲者の中をも
独りでサプライムの方へ歩んでゆくだろう
悪と憤怒の中にも溶けないだろう。
そして母親の腕の中以外には
悲鳴の咆哮をもらさぬだろう！

新鮮な礦物のやうな
夜の潭《ふか》みからのぼる月の光は
古代の沼に
（或は都会の屋根瓦に）
青く燃え立ち
グレンデルの母親は
今洞窟の奥にひそんでゐる。

（「グレンデルの母親」　詩集『グレンデルの母親』）

惣之助先生はりっぱな跋文を書いてくれたうえに、「これらの詩人に送るように」と、北原白秋をはじめ詩人たちの一覧表を渡してくれました。

心からよろこんでくれる仲間たちもいます。

(どうか、どうかよい評価でありますように!)

清子は一心に祈りました。けれど……。気になる中央の詩人達の評価は、清子の詩集ではなく、三好達治の第一詩集『測量船』でした。

清子は、深く、失望しました。

女が詩を書くたいへんさが大きければ大きいほど、それを乗り超えたと思い期待が高まっていたのです。

仲間の岩田は、清子の詩が、「時代におくれているのだ。だから自分と同じ、北川冬彦の『時間』に加わろう」と、勧めてきます。

中央の詩人、北川冬彦は、シュルレアリスムの運動をおしすすめたり、プロレタリア詩に移ったりと、つぎつぎに新しい問題をとりあげて、新時代の詩人たちの先頭をいく詩人です。

さそわれても、新しい同人誌に入るかどうか迷っている清子に、岩田は言いました。

「もう、永瀬さんの『時間』参加の推薦状を、北川さんに送った」

そんなときでした。越夫さんの東京転勤が決まりました。

大阪を離れるまえの日、大阪の詩の仲間たちが送別会を開いてくれました。

清子は五人を前にして、しょんぼり言いました。

「わたしの、はじめての文学仲間だったよ。なんでも話せる仲間だったよ」

「ぼくらも、そうだったよ」

もうあの楽しかった時間は無いのだと思うと、さびしくなってしまいます。清子は心をこめて挨拶をしました。

「大阪のみなさん、ありがとうございました」

ただ、そのとき、送別会に約三十人もの詩人が集まってくれたのだけれど、女詩人は、清子ひとりでした。まだまだ女詩人は、まれな時代でした。

一九三一（昭和六）年、四月。

ふりむいてばかりもいられません。

二十五歳の清子は、汽車が東京駅に着くと、「これからこそが本番」と、前向きな気持ちになっていました。

高円寺の住まいがどうにか落ち着くと、さっそく、美緒を抱いて北川冬彦の家へ挨拶に行きます。

北川さんの奥さんは自宅のすぐ近くで保育園を経営していて、美緒を園児といっしょに遊ばせようと預かってくれました。それは清子がとてもほっとする気づかいです。

（この会で、がんばろう）

清子は、『時間』という東京での詩の会に出会えたことを、喜んでいました。

それにしても、主婦の仕事は終わりがない。

現在とちがって、衣食住のぜんぶが手仕事のうえに、育児もあるのです。毎朝、出勤の夫を見送ったあとの、忙しいこと。

てきぱき動けるようにと、清子はだれよりも早く着物をやめて、動きやすい洋服にしました。布を買って、自分のスカートや子どもの服を自分で縫います。

やがて、『時間』同人の会合があり、行ってみると、北川さんの他に三好達治や丸山薫という、名前も詩も知っていた詩人たちがいました。

（だけど、今日はなんだか、先日お家へおじゃましたときとふんいきが違う）

清子が感じたその違和感は、すぐ会の動きにでました。

北川さんがみんなに、そして清子にも、問いました。

「自分たちは抒情的な詩作の人々と別れて、もっと前向きの姿勢をとりたいので、この会は解散する。永瀬さん、あなたはどうしますか」

入会したばかりの清子は、いままでのいきさつも思い出して、「ご一緒にお願いします」とこたえました。

『時間』は解散されて、『磁場《じば》』として出発です。

ただただ、よい詩を書きたいと願う清子の学ぶ場も、生活の場も、大きく変った年でしたが、日本の社会はもっと動揺していました。

一九三一（昭和六）年九月十八日夜中のことです。日本軍は中国の柳条湖で、鉄道を爆破しました。そしてこれをきっかけに軍事行動をおこしたのです。満州事変です。軍は次々と軍事行動をひろげていきます。

でも、このときにはまだ、国民は何も知らされていませんでした。

清子の勉強の場、『磁場《じば》』は新たな同人を加えて、今度は『麺麭《ぱん》』と名を変え、みんなで切磋琢磨しています。

清子も、随筆とか批評文などを毎号書きました。ただ、「詩」はあまり書けませんでした。それにはわけがあります。リーダーがめざしている詩に、清子は共感できなかったのです。

やがて二十七歳になった清子は、二月に長男、春来《はるき》を出産して、ふたりの子の母になりました。

6

「雨ニモマケズ」との出会い

『麺麭』のみんながめざしている詩にあわせて、（これからはつよい言葉で世にうったえる詩を書かなくては）と、分かっています。でも、清子は、むりやりそんな詩を書いても、いい気もちになれないのです。

清子が詩作にぶちあたっていた、一九三三（昭和八）年初夏でした。

顔見知りだった草野心平が、商売の名刺の注文をとりにきました。

「ええ。ちょうど主人の名刺がきれかけていたのよ。お願いするわ」

心平は、清子から注文をうけたあと、しばらく世間話をして、その帰りぎわです。

「いい詩集だから読んでごらんなさい」

と言って、一冊の詩集を置きました。

それは、宮沢賢治という人の、『春と修羅』という詩集です。

「以前からこの詩人に感心して、文通をしていたんだよ」

そんな友人の詩集が、神田の書店で投げ売りされているのを見た。ほうっておけない気持ちになりぜんぶ買った。そして、あちこちの友人に、「読め、読め、とすすめて配っている」と話して、清子にもくれたのです。

清子は心平を見送るとすぐに、『春と修羅』の頁をめくりました。

「……七つ森、……くらかけ山……カーバイト倉庫……毛無森《けなしのもり》……おきなぐさ……」（なんて新鮮な詩だろう。なんて大きな清々しさだろう！）

一気に目がさめたような気がします。

（わたしは、こういう詩を良いと思うのだ！　これが、本物の詩だ！）

清子は感動したその気持ちを正直に書いて、『麺麭』の八月号に載せました。

すぐに、この八月号を本人に送りたかったけれど、詩人の住所がわかりません。

送れないでいるうちに、宮沢賢治はその年の秋、亡くなりました。

本人に読んでもらえなかったことを、清子はとてもざんねんに思いました。けれど、この、『「ノート」宮沢賢治作品批評』は、賢治の生前に書かれた四篇きり（辻潤、草野心平、佐藤惣之助、永瀬清子）の宮沢賢治論のひとつとして、いつまでも宮沢賢治研究者たちに読まれるものとなったのです。


清子より十歳年上の宮沢賢治は、一八九六（明治二十九）年八月二十七日に、岩手県花巻市で生まれました。

中学校からは盛岡市で、盛岡中学、盛岡高等農林学校（現岩手大）を卒業しました。

家業は大きな質屋で、父親は長男の賢治にこの店を継ぐよう、つよく求めていましたが、賢治は質屋という家業がすきではありませんでした。

宗教上のことでも、浄土真宗の父と、法華経に感動して日蓮宗をあおぐ賢治とは、けんかばかりの親子です。

農学校の先生や、「羅須知人協会」と名づけた会で、農民に新しい農業を教えたりしていました。

そのあい間には上京して文学活動です。無理をかさねていたので肺炎をこじらせ、一九三三（昭和八）年、三十七歳の若さで亡くなりました。

詩の他に、童話も『銀河鉄道の夜』『風の又三郎』『やまなし』等たくさんありますが、賢治自身はそれらの作品を「詩」とか「童話」といわず、「自分の心象スケッチだ」と書き残しています。

現在でも、ひろく読まれている「宮沢賢治」です。

賢治の詩を読んで、清子は自分の詩への気持ちが決まりました。

（仲間達とちがってもいい。自分はやっぱりこの詩人のような、読者が生活に身近な気がする詩、しみじみと共感してもらえる詩、そういう詩をめざそう。書いていこう！）

それから半年が過ぎた、一九三四（昭和九）年の冬です。

「宮沢賢治氏の追悼会を開くので新宿の『モナミ』へおいで下さい」と書いてある葉書が、清子のところへきました。

清子はこのときまで賢治が亡くなっていたことも知らなかったので、あらためて残念さがつのりました。

(でも、この会へ行けば、わたしが感動したあのような詩を書いたのがどんな人か、わかるのだわ)

知り合いはまだ草野心平だけ、という会合にもかかわらず、清子は青いつむぎの着物を身につけて、いそいそと出むきました。

それは、真冬の二月十九日でした。

賢治の弟の宮沢清六さんが、賢治の原稿がびっしり詰まった大きなトランクを下げて、花巻から出てきたのです。

集まったのは、草野心平、高村光太郎、清六さんと同じ花巻から来ている四人の他に東京の詩人たちで、二十数名でした。

中に清子の他にもうひとり女性がいたけれど、その人は詩人ではなく秘書という仕事の人で、ここでも女の詩人は清子ひとりでした。

みんなはまだ着席もしていないのにトランクのまわりに集まって、きれいに清書された原稿の立派さに驚いていました。

やがて、そのトランクのポケットから小さな黒い手帳を見つけた者がいました。ひらいてみると、中ほどに、「雨ニモマケズ……」で始まる詩が、黒い太い鉛筆で書かれています。

「ほほう」と声をあげたのは高村光太郎です。朗読は、清六さんでした。

雨ニモマケズ
風ニモマケズ
雪ニモ夏ノ暑サニモマケヌ
丈夫ナカラダヲモチ
慾ハナク
決シテ瞋《いか》ラズ

（中略）

ミンナニデクノボートヨバレ
ホメラレモセズ
クニモサレズ
ソウイウモノニ
ワタシハナリタイ

まわりの悩む人々のためにつくし、自分はそこにいるだけの何の役にもたたない「デクノボー」とよばれるような、そのような者になりたい、と、書ききっている詩です。

（詩人とは、こういう人のことであろう）

清子はおどろき、つよく心をうたれました。

そのあとも清六さんは、数篇の詩を朗読し、賢治が作った「星めぐりの歌」を指導してくれました。みんなでいっしょに歌いました。

いまのいままで自分の詩作に悩んでいた清子にとって、「モナミ」での時間は目の前がさーっとひらけ、『春と修羅』を読んだとき以上に自分がめざす詩の道が見えた時間だったのです。

二十八歳のこの日から、宮沢賢治の生き方は、清子の人生に何度もお手本のように出てきて、清子を励ましてくれました。

東京のやさしい女たち

ところで、清子が出会った東京の女たちのなかで、清子の「詩」を最初に認めてくれたのは長谷川時雨でした。

時雨は、雑誌『女人芸術』を発行して女流文学者や女流評論家を社会に紹介しつづけていた、頼もしくてうつくしい女性です。

ある日、清子は時雨から、――『麺麭』に載った永瀬さんの詩を読みました。「輝ク」で紹介したいので写真をください——、という手紙をもらいました。

「輝ク」は『女人芸術』からきりかえられていた月刊小型新聞のことです。その紙上で紹介してくれたあとも、「『輝ク』に書くように」と言ってくれました。もちろん清子はその仕事をうけました。

ただ、いくらお手伝いさんがいても、書くことと家事の両立はたいへんです。まして今は、長男の春来も生まれてふたりの子の母です。でも書かなければ、前へ進めません。

清子にとって、そのときの自分を言葉で表し、明日の自分を捜しだすことが「詩を書くこと」なのです。

詩を書くのは今を破るため、
詩を離れられないのは新しい自分の意味を探すため。
いつも糸巻のはじめをみつけようとする
死と反対の仕事——。

（「糸巻のはじめを」短章集『蝶のめいてい／流れる髪』）

随筆の中でも、「詩はいつの詩も、死と反対の仕事だ！」と書いています。

私らの小さい詩や作品においても、たとえ蝶や小さいすみれの花の事を書いていても、そこに同じく生命そのものがかかっていると感じられる場合があり、それが即ちすぐれた作品であり、心を打つものである。私は命の底からの声がききたく、いつもそれを（詩に）願うのである。

（『黄薔薇』一二五号）

でも、この忙しい日常のなかで、――「詩」は忙しすぎても書けない。――と知りました。

どうしても詩が書けないときは、「輝ク」にも随筆を書きました。すると、（わたしは思ったことを文章で書くのも、すきなのだ）と、気がつきました。

それに何より、はじめての東京暮らしで、時雨のやさしさの近くにいるのがうれしい清子です。

時雨は月に一度、自分の家で会合をもっていました。来るのは華やかな女性たちばかりが約三十人。そのなかで清子が、（まるでイソップ童話の「田舎のねずみと町のねずみ」。わたしはとことこ出てきた田舎のねずみだわ）と下座におさまっていると、時雨はそれをみとめて、必ず、

「今日は永瀬さんも来ていらっしゃるし」

と、みんなに声をかけてくれました。

そのとき、その場で心細い思いをしている後輩に気がつくと、さっと言葉でかばってくれる時雨のやさしさです。東京でのお母さんのようなひとなのです。

こうして清子の活動は、じわじわとひろがっていました。

この頃でした。もともと民話や昔話が好きだった清子は、丸の内ビルで民俗学の講座が、毎週一回で、一年間、開かれることを知りました。

講師は、国文学者の折口信夫と民俗学者の柳田國男です。

清子はまよわず、受講を決めました。

「夕ご飯はできていますから、食べてくださいね」

家族にそう伝えて自分は食べる時間がなく、そのまま飛んで出たことや、子連れで受講したこともあります。

でも清子は、この講座で柳田を知ったこと、また民俗学が自分の持ち味にぴったりだと理解したことで、その後の詩作の行き方を会得しました。

柳田の著書のなかの「天女伝説」で、日本のあちこちに天女が降りてきた伝説があると知りました。そして、

(三保の松原でも、かぐや姫でも、みんな、天に戻っていく天女たちの伝説)

と、分かったとき、気がついたのです。

(そんなに日本中に天女の伝説があるなら、きっと、家族への思いがふかくて天に帰らず、この地上に住んで一生をおくった天女もいたにちがいない!)

ちょうど三好達治から、同人誌『四季』への寄稿を頼まれていた清子は、詩「諸

国の天女は」を書いて送りました。
そして、この詩を書いたとき、気持ちが迷わなくなったのです。「「麺麭」のみんなと違ってもいい。やっぱりわたしは、こういう、しぜんに気持ちが流れ出たような詩を書こう。わたしに、合っている」
「日本民俗学講座」へ通ったことは、第二詩集『諸国の天女』へとつながりました。

諸国の天女は漁夫や猟人を夫として
いつも忘れ得ず想ってゐる、
底なき天を翔けた日を。

人の世のたつきのあはれないとなみ
やすむひまなきあした夕べに
わが忘れぬ喜びを人は知らない。
井の水を汲めばその中に

天の光がしたたってゐる
花咲けば花の中に
かの日の天の着物がそよぐ。
雨と風とがささやくあこがれ
我が子に唄へばそらんじて
何を意味するとか思ふのだろう。

せめてぬるめる春の波間に
或る日はかづきつ嘆かへば
涙はからき潮にまじり
空ははるかに金のひかり

あゝ遠い山々を過ぎゆく雲に
わが分身の乗りゆく姿

さあれかの水蒸気みどりの方へ
いつの日か去る日もあらば
いかに嘆かんわが人々は

きづなは地にあこがれは空に
うつくしい樹木にみちた岸辺や谷間で
いつか年月のまにまに
冬過ぎ春来て諸国の天女も老いる。

（「諸国の天女」　詩集『諸国の天女』）

序文は、「モナミの会」で知りあった高村光太郎です。
高太郎は、「詩集後半のアフォリズムには、この詩人の鋭い思考と強い信念とがある。・・・胸をつかれるような真理がやさしく平然と書かれている」と、書いてくれていました。

「アフォリズム」とは、簡単な言葉を使い、短い言い方で表現された人生や社会の見かたや考え方です。光太郎は清子の詩を、そのように「良い」と書いてくれたのです。

清子にはとても嬉しいことでした。

大作家の宮本百合子は、雑誌『新女苑』の評論欄で、『諸国の天女』を紹介してくれました。

「・・・女が『考える』という合理的な事実を認め、それをまざまざとした感性で表現していく天稟（生まれつき）をもっている・・・」

と、清子がもっとも願っていることについて、ズバリと、書いてくれていました。

（そうなのだ！　女だって自分の生き方について考えるのだ。男と同じに！）

清子は、もう数年前に、母が自分の生き方についてほんの少し学ぼうと講演を聞きに行ったら、その帰りが自分より遅かったとぶんぶん怒っていた父を思い出していました。

さそわれることもふえた清子が、あるとき友人と、大先輩の詩人でもあり、平和運動、女性運動にも活躍している深尾須磨子のアパートをたずねたときでした。深尾さんはお茶をいれてくれながら、窓から見える初夏の風景を、パリのモンマルトルのようだと説明してくれたあと、

「なんとすばらしいのだろう、ねっ!」と、劇的な口調で言われました。

モンマルトルを知らない清子はついていけず、下をむいて、「ハイ」と答えました。

そののち深尾さんには、「日本詩人協会に清子が女性ではただひとり参加していることはけしからぬ、それは男性に媚びるものだから脱退するように」と言われたことがありました。けれど清子は、「詩」のことでは自分の気持ちをきちんと伝えておくべきと迷わず、言いきりました。

「わたしは男性に媚びたおぼえはない。いまさら女性であるからと脱会することは心に反する、それはかえって差別を求めるようなものであり、不可能なことです」

深尾さんはわかってくれて、清子も、深尾さんを敬う気持ちは変わらないので、

「女詩人会」に参加しました。

深尾さんが、与謝野晶子女史のお見舞いに、江間章子さんと清子とを連れていってくれたことも、嬉しいことでした。


多くの詩人や文学者と出会えたこの頃、家庭でもいろいろありました。

一九三七年、三十一歳のとき、二月に次女の「奈緒」が生まれました。

三月には、父が亡くなりました。ひとりになった母は、岡山の街中の家でお手伝いの娘との暮しになりました。

そして、七月です。

中国の北京郊外盧溝橋で日本軍と中国軍が衝突して、日中戦争がはじまりました。

八月早々に、三十七歳の越夫にも召集令状がきました。入隊した部隊は中国に上陸して、激しい戦をかさねる日々です。越夫は肺浸潤になり帰国しました。

戦火はみるまに中国全土にひろがっていきます。

一九三八年四月には「国家総動員法」が公布され、そして一九四一（昭和十六）

年十二月八日、日本はとうとう、アメリカ、イギリスと開戦。太平洋戦争がおこりました。

いつの会でも、東京に不慣れな清子を気にかけてくれていた長谷川時雨が亡くなったのは、同じ年の八月でした。

お通夜のとき、清子は涙が出て止まらなくて、ひとり、座敷の隅で、ぽたぽた、ぽたぽた涙をこぼして泣いていました。

そんな清子の正面へ宮本百合子が来て、自分の背中でみんなの視線から清子をかばうかのようにきちんと座ると、清子をだまって見ていました。

それが清子には、「泣かなくてもいいよ、そんなに泣かなくてもいいんだよ」と言ってくれていることだと分かって、やっと泣きやむことができたのです。

「輝ク」の最終号は追悼号でした。清子は思いを込めて、長谷川時雨への一篇の詩を書きました。

7

戦争の日々

時雨が亡くなって、さびしいばかりの清子です。それなのに、翌年、一九四二（昭和十七）年も別れが続きました。

五月に萩原朔太郎が亡くなりました。大先輩の詩人だけれど、家が徒歩十分という近さだったので知りあいになっていました。

同じ月に、「詩の師」、佐藤惣之助先生が亡くなりました。おおらかな先生は、上京してきた清子に、こだわりなく何かとさそってくれました。それは楽しい時間でした。

そして二週間後の五月二十九日に、与謝野晶子女史が六十四歳で亡くなりました。

清子は、うなだれてこぼしました。

「ひとつ、時代が終ったような気がするよ」

戦争はますます激しくなって、生活の中の自由を閉じさせます。服装が、女は防空頭巾にもんぺ、男は足にゲートルと、動きやすさがいちばんの服に決められました。

『辻詩集』が出版されました。国民が戦争への意気をあげるような詩を求められた詩集です。まよいましたが清子も兵隊へのねぎらいの詩を書きました。けれど詩は編者の思うように直されています。もう出しませんでした。

食料も、大人ひとりの米は一日に約三百五十グラムと決められました。子どもが次男の連平もいれて四人になっています。いつも食料が足りません。多摩川べりの登戸に畑を貸すところがあると聞いて、三坪ほど借りました。休日には家族で出かけて大根や南瓜《かぼちゃ》などを作り、食料の足しにしました。芋や南瓜は茎や葉も食べました。

　でも、どうしても足りません。食料を捜しまわる毎日です。

ところが、それほどに、一日、一日を食いつなぐことが大仕事という毎日のなかで、越夫が以前とは違う病気になりました。

　奈緒が、心配そうに清子につげます。

「お父さんがまた道で『お腹がすいた！』とさけんでいる」

　越夫はいつもいらいらして、「自分たちも飢えて死ぬるんだ」とか、「戦争は勝つはずがない」と、あたりかまわず言いはなちます。

「そんなことを、大きな声で！」

　人に聞かれたらたいへんなこと。清子は心配でなりません。とうとう越夫は会社からも、「しばらく休んではどうですか」と忠告を受けました。

　夫の病気を治さねばと清子は必死です。いっしょに病院へ行って医師から「入院」と言われたとき、考えました。

(入院なら、東京より故郷でのほうが夫にはいいはず)

ねえやに子どもたちを頼むと、ふたりで岡山へ帰り、岡山の病院でも診てもらいました。医師は、見ぬいたのです。

(この患者を苦しめているのは、先の招集での戦闘の経験だ。残虐な戦場でのことが病のもとだ)

医師は清子に言いました。

「ご主人は、入院よりも温泉などで休養したほうがいい」

鳥取の温泉療養所で約一月をすごした越夫は、以前の夫にもどって、東京の家へ帰ってきました。


東京はいよいよ危険になっています。

いつ爆弾がおとされるかと、みんなが気をもむ毎日です。

一九四四(昭和十九)年夏に、学童疎開が始まりました。一年生から三年生までの小さい子たちが親もとから離れて知らない土地へ行かされました。

もちろん食糧は、どんなくふうをしても足りません。

そんな一九四五（昭和二十）年、一月に、越夫に岡山支店への転任がおりました。願ってもないことと、清子はそうそうに帰郷の用意をととのえました。

ところが、一家が岡山へ発つとき、東海道本線は浜松の地震で不通でした。中央線は軍の物資の輸送専用で、それ以外は走れないのです。みんなは大まわりをして、北陸線に乗りました。

車内は身動きがとれない混雑ぶりで、弁当も網棚へ上げてあるのが取れません。それに誰も両手に何か包みを下げて立っています。

やっとのことで岡山の母の家に着いた清子たちは、心からほっとしました。大きなその家で、あたたかいご飯を食べて、ふろに入り、洗濯された服を着て、何とか人心地がついたのです。でも、それから間もなしでした。

越夫に二度目の招集令状がきたのです。戦場へ発っていく夫を見送りながら、

（もしや、もう会えないのではないか）

という不安がふくらむ清子でした。

それでも、母といっしょの生活は、やっぱりやすらぎがあります。

季節も、春のうららかな陽気の日でした。ふたりの青年が清子を訪ねてきました。

「ぼくは、同人誌『曙』を東京の永瀬さんの家に送っていた藤原審爾です。そして友人の山本遺太郎です」

「まあ、あの、いつも小説を載せていた方ですね」（ちなみに藤原審爾は後に小説『秋津温泉』を発表して芥川賞作家になった人です）

三人は文学の話を楽しみました。

（やはり東京とは違う。ここではひと息つけるときもある）

ところが、清子がそう感じていられたのはほんのひと時でした。

二か月後の、昭和二十年六月二十九日、夜中です。

ドドーン、ドカーン！

とつぜん爆発音がひびきました。清子ははねおきて二階へあがってみました。空から火の粉が滝になって落ち、そこらじゅうに散っています。庭が昼のように明るく、飛行機の爆音が絶え間なしです。

「空襲だ！」

清子はかけ降りて母と子どもらをたたきおこしました。防空頭巾をかぶって近くの田んぼに行くように、せきたてると、自分も大事なもの一式を詰めた袋を腹に巻きつけて、ふるえながら池のそばで見張っていました。

Ｂ29は、ようしゃなしに焼夷弾を落として家々を焼いています。

庭の木のあいだから炎が見えています。

にげまわっているみんなの足音や叫び声も聞こえます。

長い、長い時間に思えたけれど、やがて爆音も消えて、しらじらと夜があけると、無事だった清子たちの家に焼け出された人たちがつぎつぎに来ました。

警報なしの空襲だったので、みんなはとび起きたままのかっこうです。

駅の近くに住んでいた親戚は、くすぶる街を歩いてきました。街なかで文房具店を開いていた叔父一家も、「丸焼けだ」としょんぼりしています。

見知らぬ男の興奮した声が家じゅうにひびきました。

「岡山城も燃えた！　えらい音をさせて焼け落ちてしまったっ」

清子はそんなみんなに、わずかしかない米を惜しまず炊いて、おにぎりにして食べてもらいました。お茶もわかしました。

荷物を置かせてほしい、と言ってきたひともいます。越夫の兄一家は秋田から帰って岡山で一泊したところで空襲にあい、せっかく荷づくりして送られてきていた家財ぜんぶが岡山駅で焼けてしまったと言います。

屋根がある家を頼って逃げてきた人々が話すことは、なにもかも悔しいことばかりなのに、どうすることもできない。

岡山市の四分の三が焼けてしまったのです。

大事な物を見捨てて逃げてきた者だけが、命だけは助かったのです。

空襲で雨のように降る火を見て、どんなときも落ち着いていたお母さんも、さすがにおそろしくなったのです。「熊山の家へ帰りたい」と言いました。

子どもらが通っていた小学校も全焼なので、清子はお母さんに、長男と次女を連れて熊山の家へ帰ってもらうことにしました。

夏休みになって清子がようすを見にその家を訪ねてみると、お母さんは孫を転校させ、水道もなく電気もとぼしい不便な昔の家で、それでも元気に暮らしています。

「やれやれ」

ほっとして村を歩いていた清子は、家々の庭の笹竹に気がつきました。

「そうか。今日は八月七日だった」

村では七夕が一月遅れの行事なので、子どもらが願いを書いた短冊がゆれる笹竹だったのです。

けれど清子は、村じゅうがみょうにきれいだったことで、落ち着かない気分になっていました。その、夕方です。

村に、ぶきみなうわさがひろがりました。

運転手をしていたよろず屋の息子が広島へ行ったまま昨日から帰ってこない。広島には大爆弾が落ちたそうで人も車もふっ飛んでしまったんだ、街が消えてしまったんだという、うわさです。清子は、一篇の詩、「八月の願い」を書かずにはいられませんでした。

夏の朝
一月おくれの七夕のために
村中が軒ごとに綺麗な笹をたてた
天の川までとどく願いをこめて
その日は村中が紅や白の短冊をたてた

すると夕方
まだ星も出ぬうちに
用事できのう広島へ行ったよろずやの息子が
空襲にあって亡くなったと報せてきた

空襲の日に運わるく行くなんて
かわいそうな正ちゃんよ
日に焼けたその笑顔　二度とかえらぬその魂よ
なんでもすごい爆弾で
一瞬に影も形もなくなったそうな
運転していったその車ごと——

七夕がくると美しい笹をたて
いささかのにんげんの願いを
さらさらとゆらめくその葉に托して天へおくったのに
七夕の夕がくるたびに
にんげんの作った恐ろしい罪をかぶって
人間の魂が泣きながら天の川の方へ
のぼっていく　あれからずーっと

（「八月の願い」　詩集『あけがたにくる人よ』）

みんなは、『とうとう本土に戦争がせまってきたぞ』と、顔をこわばらせていました。

そんな、八月十五日、水曜日です。

空は真っ青に晴れています。清子はその空の下、暑いなかを旭川ぞいに歩いていました。すると、すれちがう人が話をあわせたかのように、「戦争がすんだ（終わった）」と言っているのです。

（えっ？）

走って帰った清子は、ラジオを聞いたはずの叔父に尋ねました。叔父も「そうらしい」と、言います。

（いままでの苦労は、なんだったのだろう……）

でも、長かった戦争が終わったと思うと、ひとつ、希望が見えた気もします。

（それなら、越夫さんも帰ってくる。きっと、帰ってくる）

二か月後、十月の夜です。越夫は出征先の朝鮮から、ぶじに帰ってきました。

そして、十一月。

清子の一家は、母とふたりの子が待つ熊山の家へ移りました。

8

農村の暮らし

清子は、一家で駅からの道を荷物を下げて歩いていると、いかにも都会からにげてきた家族のような、さびしい気がしました。

でも、そうそうに熊山へ帰ったのには訳があるのです。

戦後の政治のうごきを、越夫さんは知っていました。

「熊山の農地が、このままでは農地改革で、不在地主として取り上げられる。すぐ帰ろう」

農地改革とは、これまで田地は地主のもので農家は地主からその田を借りて米を作り、小作料として収穫した米の多くを地主に納めていたけれど、これからはそれぞれの農家が耕作していた田はその農家のものとする、という改革です。

そのために、村に住んでいない、つまり不在の地主からはすべての土地を、住んでいる地主からも一定の田よりほかは政府が強制的に買いあげて、その同じ額で小作人に売却するという政策です。これは戦後の民主化（権力を市民の手に移して人民の考えや思いが反映するようにすること）政策中、もっとも効果をあげた政策でした。

さいわい永瀬家は、三反弱の田を返してもらえました。

ひと安心した清子は、子どもたちに言いました。

「何はなくとも元気でやっていこう。自由になったのだ。平和になったのだからね」

先にこの家へ帰っていた春来と奈緒は、もうすっかり近所の子らとなかよしです。

「はあ～い」

返事もそこそこで、みんなと山へ正月のお飾りに使うウラジロ（羊歯の一種）を採りに行くようです。

見送りながら清子は、自分も農婦になる決意を新たにしていました。

でも、農作業は戦時中のささやかな畑仕事だけで、田の土や農具はきちんと見たことさえありません。それに、重たい鍬をふりあげて土にむかうには、ごつごつした地下足袋もはかなければなりません。

けれど清子は、迷いませんでした。

(とにかく、食糧がひつようなのだ。まずは畑をつくって、手早く収穫できる野菜を植えること)

この家は地主だったころもっと建物がありました。いまは空き地になっているその土を鍬でおこして、畑にしました。

ニワトリを六羽飼いました。ニワトリは卵だけでなく、糞が貴重な肥料になるのです。

ほうれん草、タマネギ、チシャ、それから三月にはジャガイモを植えました。

通りかかったとなりのおじさんが、清子がはじめてジャガイモの植えつけをするのを見て、まじめな顔で言います。

「なにを植えんさる？　そねえに掘りゃ地球の骨が見えるぞな」

水道はきていません。井戸が畑と屋敷とのあいだにあります。つるべで水をくんで大バケツにうつしたら、両手にその大バケツをさげて世帯場（台所）の水瓶へ運びます。ふろ水もそうして運びます。水くみだけでもたいへんな仕事です。

ご飯とおかずとみそ汁などは、台所の竈《かまど》で炊きました。竈の口に焚き木を入れてそれを燃やします。火の上の釜の中で、お米がゴポゴポ歌いだしたらあとすこしで炊き上がり。

なにもかもたくさんの手間がいる、いなかの生活でした。

焔よ
足音のないきらびやかな踊りよ

心ままなる命の噴出よ
お前は千百の舌をもって私に語る、
暁け方のまっくらな世帯場で――。

年毎に落葉してしまう樹のように
一日のうちにすっかり心も身体もちびてしまう私は
その時あたらしい千百の芽の燃えはじめるのを感じる。
その時私は自分の生の濁らぬ源流をみつめる。
その時いつも黄金《きん》色の詩がはばたいて
私の中へ降りてくるのを感じる。

＊世帯場……厨・台所

（「焔について」 詩集『焔について』）

そのうえに、仕事はわが家のことだけではなくて、村の共同作業に出るのがあたりまえの決まりごとです。春と秋のお彼岸には村の道の補修、夏には用水池にはびこった水草の始末、冬の農作業がない季節は共有の山の下刈りなど、みんなでいっしょに作業をする日が幾日もありました。

いそがしい毎日です。会社の岡山支店に出勤する越夫さんと、登校の子どもたちを送りだしたあとも、次から次へ用事が清子をおいかけてきます。机にむかう時間はありません。

そんな清子のいらだちをじゅうぶんにさっしているお母さんです。春に清子が過労で一か月寝こんだとき、だまって、もう老人なのに、家事のぜんぶをひきうけてくれました。お母さんは医師から、

「無理をしてはいけませんよ」

と言われています。

でも、清子を手伝わないではいられないお母さんです。

とうとうお母さんは、夏の初めに脳卒中で倒れました。

それでも秋の初めによくなって動けるようになると、またも清子を手伝おうとするので、清子は秋の農繁期のあいだ、大阪の妹にお母さんをあずかってもらいました。

十二月に入り、やっと籾摺りの季節のころに、お母さんは妹に連れられ、にこにこして戻ってきました。

これで清子の農作業をすこしでも早く手伝えると、うれしそうに田舎道を小走りして帰ってきました。

そして十二月十二日の前日まで、できるかぎりのことを手伝ってくれて、その朝、静かに亡くなっていました。

(わたしのため、あんなにも心をつくして、不自由な身で手伝いをしたがったお母さん。なのに、頼りにしているわたしという娘は、健康をかえりみず詩作に執着して、心配ばかりかけていた)

亡くなってはじめて、清子は母の大きさを知りました。

(めだたないけれど、精神のプライドをつねに保って、我が子のためにのみつくした生き方。それを思うと、わたしはあまりにも馬鹿な娘だった。お母さんの健康を思わないで自分のやりたいこと、つまり詩を書くことを手放さなかったから、お母さんに無理をさせていた……)

大きな後悔が清子を打ちのめしました。

清子は、泣きました。悲しくてならないのです。

(これから先、もうお母さんのように、どんなときも絶対的にわたしの味方でいてくれる人はいないのだ。戦争ですべてを無くしたときもお母さんがいてくれた。お母さんの気丈さに助けられていたから……)

なみだが、いつまでも、いつまでも、あふれてきました。

清子は、こんなにも長くうつむいたままの自分に気がついて、一篇の詩を思い起こしました。それは詩人が書いた、自分で自分を励ます詩、です。

女・宮沢賢治

起てよお前は朽葉でない
地中にお前の白い鬚根を
光のようにさし伸せよ。
遠山に雪の消えゆくままに
流れだせよほとばしれ。
世の中にはいまやお前の歌がいるぞ。

自分のことで悲しむ前に
お前の翅に気がつけよ
お前の翅に気がつけよ。

（「起てよお前は朽葉でない」 第三詩集『大いなる樹木』）

冬晴れの青い空の下、ひとりで田んぼに立つと、清子はやっぱり母のことを思って手が止まってしまいます。

けれど、どんなことがおころうと農作業は待ってくれないのです。時期ごとの作業をやっておかないと、なにも実りません。

そして米作りの始まりは、冬のあいだに硬くなっている土を起こすことからです。長い歯の備中鍬で硬い土をおこしていきます。そのあと種をまいて苗づくり。田に水を入れて代掻き。

水のなかの土をたいらにし、苗を植えやすくしておいて田植え。やっと田植えがおわったとひと安心もつかの間で、田の水の管理と草取り。

秋がきて収穫だけれど、その稲刈りも鎌をにぎって一株一株手で刈るのです。藁でしばって、ハゼにかけて干して乾燥させて、脱穀、籾摺り、精米ののち、ようやくご飯になる。

一つずつそろえた農具を酷使して、はじめて実感する米ができるまでの作業です。

慣れない清子は、すぐ腰が痛くなり手には豆ができました。

ある日、鍬をかついで畔を歩いていたら、つい、眠気がつよくて目をつぶっていたので泥田の中へ落っこちました。

またあるときは、あんまり疲れきって、家に帰ると、あがりはな（土間から家にあがったばかりの所）に倒れた姿勢のままで急転直下の爆睡だったこともあります。

鍬をふりあげながら、清子は覚悟の言葉をこぼしていました。

「きっとわたし、詩を書く時間はないだろう」

ジレンマにもおちいっていました。

（家族の生活は守りたい。それをおろそかにして何が母親だ！　でも詩も手放したくない。詩人であることが、自分らしく生きることなのに！）

そんな清子がいい方法を思いついたのは、すこし農作業に慣れてきたころです。

自分で一通り全部の作業をやってみると、農作業は単純な仕事が多いことに気がついたのです。

ダイコンやニンジンが育ってきたころに耕しながら畝のあいだを進むときや、冬の麦踏みにせいをだしているときは、手、足は使うけれど頭の中はまったく自由に思うままです。

「これなら、空想をする自由があるわ」

それからの清子は、昼間は、まわりのみんなの進みぐあいにあわせて米作りの作業に励みました。そして、そんなときも、「詩のことば」は休むことなく考えています。いい表現がうかぶと、いつも持参しているノートに書きとめておきます。

そのノートは、真夜中に開かれました。

一日の終わりの夜の時間は、家族といっしょにいったん眠って、まず昼間の疲れをいやします。それから、午前二時にひとり起きだし、ちゃぶ台に向かいました。家族みんなでご飯を食べるちゃぶ台が、真夜中に起きてペンをにぎる清子の机になるのです。

そこで、昼間のメモを清書したり作品に仕上げたりしていました。詩人として励む時間です。

かいこがまゆをつくるように
私は私の夜をつくる。
夜を紡いで部屋をつくる。
ふかい菫色の星空のもとに
一人だけのあかりをともして
卵型の小さな世界をつくる。

昼はみんなのためにある。
私はその時何もかも忘れて働くのだ。
夜にはみんなが遠い所へ退いてしまう、
すべて見えていたものが見えなくなり
我ままな私のために
やさしく遠慮ぶかく暗い中に消えてしまう。

さびしい一人だけの世界のうちに
苔や蛍のひかるように私はひかる。
よい生涯を生きたいと願い
美しいものを慕う心をふかくし
ひるま汚した指で
しずかな数行を編む

苦しい熱にみちた昼の私を濾して
透明なしたたりにしてくれるもの
一たらしの夜の世界
自分のあかりをつけるさびしい小さな世界
おもいでと願いのためにある卵型の世界
一人で通る今日とあしたのしずかな通路。

(「夜に燈《ひ》ともし」 詩集『美しい国』)

こうして農作業もがんばることで、同じように農作業にいそしんでいた宮沢賢治を、身近に思う清子でした。

ある朝、清子は東の窓辺に立っていたとき、太陽が熊山（山の名）を離れるのに出くわしました。

清子は、賢治の絵「日輪と山」を思い出しました。

それは山が真ん中にあり、その頂上よりすこし左の稜線に出かかっている太陽は山の手前に描かれている、つまりまんまるな太陽の絵です。

（おもしろいけれど山の前に太陽があるなんて、ちょっと変だわ。賢治さんの想像か、それとも大げさに描いたものかな）

そう思っていたけれど、今がそれを確かめるのに良い機会です。

清子はそのことに気がついて、熊山のうえに出かかっている太陽を、じっと見つめていました。

すると、しだいに朝のひかりは東の空をそめてひろがり、ついに太陽はその稜線から最初のひかりを見せたのだけれど、ふしぎやふしぎ、まっすぐな光線はまわりじゅうに伸びて、稜線が見えなくなってしまったのです。

（まあ。なんと、これは賢治さんの絵と全く同じということ！）

そんなことがあってからは、清子はますます賢治の作品のリアリティを思い、詩を、より読み込むようになりました。

――昼間は農業にくれながら、夜は詩人として励む。

清子のこの生き方は、いつしか詩人達から、「女・宮沢賢治」とよばれるようになっていました。

9

同人誌『黄薔薇』

書かなければわからない、自分の言葉は。
それが書く値打があるかどうか。
書いてはじめて自分の背中に気がつき、蹠《あし》に気がつく。
自分という叢《くさむら》をはなれてはじめて、走り出たのが雉《きじ》であったか蛇であったか、
その本当の姿が見える。

(「書かなければ」 短章集『蝶のめいていい/流れる髪』)

「やれ、今年もぶじに田植えがおわった。みんなが、がんばってくれたから」

清子はひたいの汗をぬぐいながら、ぐるりと田んぼを見まわしました。

水面にちょんちょんと葉先をのぞかせている早苗が、風になでられてゆれているのはすがすがしいながめです。

「お母さん、代《しろ》みて、だね。わたしは、ばら寿司がいい」

奈緒のはずんだ声に負けまいと、連平が、がなります。

「ぼくは柏餅。ね、お母さん、柏餅だよ」

「はいはい。どっちもつくろうね。お父さんも会社を休んで植えてくれたんだ。お父さんの好物もね。田植えのいっさいがおわったら、みんなでごちそうを食べて祝う習わしだからね」

清子は、家族がそろって田にむかう初夏の田植えと、秋の刈り取りのいそがしさものりこえながら、数年を過ごしました。

戦争で疲弊しきっていた世のなかも、年ごとに活気をとりもどしています。

一九五〇（昭和二十五）年、「現代詩人会」（現在の「日本現代詩人会」）が創設

されたとき、四十四歳の清子は参加しました。

翌年の昭和二十六年には、越夫さんに東京の本社勤務が言いわたされました。でも、これは越夫さんには思ってもないことでした。

「俺に、単身赴任などできるかっ」

おこってあばれている越夫さんのそばへいって、落ち着いた声でたずねたのは長男の春来です。

「お父さんは、ぼくが大学へいけなくてもいいの？」

根はやさしいひとなので、我が子の言葉に単身赴任を決心してくれました。それに翌年の春に春来は早稲田大学に合格したので、ふたりはそのときから社宅でいっしょにくらすことになったのです。

農作業はたいへんだけれど、家事はもう成人している長女がやってくれます。しかも、男ふたりがいないとやっぱり気が楽です。

清子がほっとして、すこし休む時間ももてるようになったときでした。

岡山の詩人、坂本明子から声がかかりました。

「わたしたちで同人誌をつくりましょう。経費のことは計算してみたらだいじょうぶですし、事務的なことはひきうけますから、ね」

メンバーは六人、女ばかりというのです。

小学校の同窓会で仲間と雑誌をだそうと話がもりあがったのに実現しなくて、残念だったことを清子はおぼえています。

(でも、こんどは、みんながこんなに周到な用意をしてくれていること。それなら……) 清子は、ひきうけました。そしてまず誌名をかんがえました。

「岡山県の古い呼び名の『吉備』を『黄微』と書くでしょう。それのなかに女らしく『薔』の字を入れて、『黄薔薇《きばら》』でどうだろうね？」

「ああ、いいですね」

みんなも賛成です。

こうして、一九五二(昭和二十七)年、四十六歳の夏に、永瀬清子のホームグラウンドである同人誌『黄薔薇』が誕生しました。

友人、知人に創刊号の合評会への招待状を出すと、ほとんど全員が来てくれました。

二か月後に発行された二号は、なんと半月で売り切れたので、そのあとも予定どおりに隔月刊でつぎつぎにだします。

そんな『黄薔薇』の発行は、清子が世のなかの多くのひとと出会うひとつの方法になりました。世のなかが永瀬清子を「こういう活動をしているひとですね」とわかるのにも、たいへんわかりやすいツールです。

多くの声がかかるようになり、清子は新聞の「婦人相談欄」の回答者や、豊田村の教育委員をひきうけました。

いそがしくなっているのに、それでも書くことはやめられません。

詩が書けないときは随筆とか、身近なできごとの報告などを書くのです。

(書くことが自分をわかってもらうこと)

その気持ちは、変わらない清子です。

『黄薔薇』六号には、二年ぶりの上京で高村光太郎をたずねたことを書きました。

——縞のちゃんちゃんこを着たなつかしい姿が目に入ったと思ったら、高村さんはいきなり右手を高くあげて、「おーい、永瀬サーン」と、とてつもない大声でわたしを呼んだ。と、その日のことを書きました。

自分が書きたいと思って書いたものを発表する場がいつでもある、ということで、清子はどんどん積極的になっていました。

世の中が落ち着いてくると、知識欲もふくらんでくるのです。

もっともそれは、清子にかぎったことではありません。

月の輪古墳とインドへの旅

一日も早くまえを向いて生きよう。心がゆたかだった生活をとりもどそうと、親も先生たちも、そのために何をしたらいいのか、手さぐりしている村がありました。

吉井川上流の岡山県美咲町《みさきちょう》飯岡村《ゆうかむら》です。

村の高い山のてっぺんに、「月の輪古墳」と呼ばれていた、径六十メートル、高さ一〇メートルもの円墳がありました。ふもとの平野を見渡しているような立派な古墳だけれど、村人からは長く忘れられていた古墳です。

――この古墳を保存して祖先の歴史をあきらかにし、子どもたちに伝えよう――という機運が、おとなのあいだで高まったのです。一九五三（昭和二十八）年真夏、小学校講堂での発掘式には、村内外から五〇〇名を超えるひとがあつまりました。

村人たちは、岡山大学近藤義郎師の協力と自分たちの手で、力をあわせて村の長い歴史をさぐり、これからの歴史をつくっていこうとしたのです。

高校生の奈緒が言います。

「お母さん、『月の輪古墳』を村のおとなも、学校の先生も、柵原《やなはら》鉱山のおじさんたちも、それから子どももね、高校生、中学生、小学生は五、六年生の子ら、みんなで力をあわせて発掘するんだって。わたしも参加していいでしょ。飯岡のお友だちの家で泊めてくださるって」

「ああ、いいとも。お墓としてはめずしいほど高い山頂にあるんだろ。母さんも一度は参加してみたいね」

四十七歳の清子も、ほんとうに三回も参加しました。

竹べラとハサミで草の根をとりのぞいて斜面の葺石をきれいにし、埴輪（円筒）を掘りだす作業です。なにしろ葺石は八万個、円筒埴輪は約七百本もあったのです。

中学生にまじって、太陽がぎらぎら照りつけるなか、汗を流し、目に入る泥を手ぬぐいでふきながら一生懸命に竹べラをうごかします。

そんなとき、ふと清子は、自分がこの子たちの年のころに従兄妹の純夫さんから言われたことを思いだしていました。

（詩を書きつづけるなら、感性のみにたよってはいけない。いろいろなジャンルのことを知らなければいけないのだ）

弟の誠一が亡くなってしばらくの後、結核で亡くなった純夫さんの教えです。

また、参加した子どもたちの詩からも、すなおな詩作への態度を教えられている気がしました。

考古学者が指導し、住民主体で発掘する初めての方法は、〝月の輪方式〟とよばれて、映画（記録映画）にもなりました。そして七十数年後の現在でも、考古学者の話に、「……かつて岡山の、一般市民が参加した月の輪古墳発掘などもありましたし」とでてくるのです。

依頼されて清子が作詞した「月の輪おどり」（作曲・箕作秋吉）も、夏のお盆には踊りつづけられていました。

月に輪をかく月の輪おどり
（サッサ踊ろよ　シャシャンとシャント）
揃うた心が輪に咲いた
（ヤンレ今夜の一踊り）
鍬をかついでもっこを負うて
（サッサ踊ろよシャシャントシャント）

学ぶ歴史は手とからだ
（ヤンレ先生も一踊り）

月の輪古墳の発掘は、その年の十二月三十一日までつづきました。

明けて一九五四（昭和二十九）年の三月です。

南太平洋のビキニで、ヒロシマ、ナガサキにおとされた原爆より、もっとおそろしい水爆の実験がおこなわれました。その死の灰を、日本の漁船、第五福竜丸があびて、漁師のひとりは死んだというニュースです。

さっそく清子は、岡山の婦人大会で被害者への寄付をよびかけました。集まったお金は、日本現代詩人会総会出席で上京のとき、患者が入院中の病院をたずねて主治医にあずけました。

そして岡山に帰ると、『黄薔薇』の同人に相談です。

「次号の『黄薔薇』は、水爆特集にしてはどうかしら。その号の売上金は被災者への見舞金にすることにして」

「それはいいですね」

同人たちも賛成でした。

（なんとかして核をやめなくては）と、清子がつよく思うようになっていたときです。岡山の平和委員会から、

「インドのニューデリーでアジア諸国民会議があるのです。これは、初めてのアジアのみの、アジア人の民間団体代表による大会です。出席されませんか」

とたずねられたのです。清子はすぐ越夫さんに手紙を書きました。

「このたびの戦争で、アジアの人々の文化も歴史も知らず、理解もせずにいたことは一層悪かったのだ。わたしなりに、行って知りたいと思います。行きたいのです。

……わたしが留守のあいだ、奈緒と連平のことは美緒がみてくれます。籾蒔き（苗づくり）も近所のひとがやっておくと言ってくれました。お金ですが、わたしの随筆集を売ったお金と、友人たちが知恵をだして集めてくださったりして多く用意できました。けれどあと十五万円ほどたりません。ついては今年退職のときにいただ

く退職金を先借りしていただけないでしょうか」

越夫さんから届いたハガキには、大きく、一行だけ書いてありました。

「一生に一度は行くも可ならん」

もちろん、退職金の先借りもかなえてくれました。


一九五五（昭和三十）年四月。四十九歳の清子は、熊山町婦人会会長の肩書きで、約二十名の出席者とともに羽田空港から発ちました。飛行機のなかで、清子のひとりごとです。

「わたしはインドについて、なにも知らない。わからない。だけど、わからないことに向かうわたしはとても元気だわ」

五日にニューデリーに着くとすぐ、インド婦人会の迎えで、本部へいきました。

おたがいに自分たちの活動を話していると、しきりにでてくる言葉があります。

清子はたずねました。

「インド語の、『シャンティ』て、なんですか？　『ドスティ』て、なんですか？」

シャンティは「平和」であり、ドスティは「友情」だとおそわりました。

当時のインドは、まだまずしい国でした。貧富の差がはげしくて、おおくのひとが裸足で歩いているようなときでした。

それなのに、「平和」や「友情」がどんなにインドのひとの心に大切にあるのかを、子どもの発言で知ったこともあります。

五日間のアジア諸国民会議がおわったあと、見物やインドの人々との交歓などで滞在していたときです。ある日、清子たちは戦争での孤児を養育している施設の学校へ見学にいきました。先生が子どもに清子たちを紹介したあと、

「みんな、日本についてなにかしっているかな?」

と質問しました。すると何人もの子が手をあげて、さされた子がこたえました。

「首都は東京です」

「よろしい。ほかに?」

つぎの子がこたえます。

「ヒロシマに原爆が落ちておおぜいのひとが死にました」

「ビキニで水爆の実験がおこなわれ、日本の漁民が死にました」

清子はそれらを聞いて、しんみりと思ったのです。

(先日、いっしょにインドに来た日本の労組の男性が、「インドの労働組合の方々と話してあきれたよ、彼らは〝日々の生活よりも世界平和のほうがたいせつです〟というんだ」と大声で話していたっけ。

聞いていたみんなもあきれていたけど、でもそれは、インドの人々の本心なのだわ。今日、予告もなしに子どもたちに質問したのに、あのように平和と戦争について知っていたことでもわかる……)

ホテルの部屋や会場はたくさんの花がかざられ、よい香りがみちています。

そんななかでの大会で、人々は、「もう決して、二度と戦争をしてはならないのだ」という思いを、かみしめあいました。

その後、清子が帰国したのは、二か月後でした。

10

清子と長島愛生園

話は少しもどるけれど、永瀬清子の生き方といえば、岡山県瀬戸内市の「長島」という島に建つ、ハンセン病国立療養所「長島愛生園」の詩人たちとの長い交流があります。

ハンセン病は「らい菌」で感染し、発病すると末梢神経がおかされて手や足など、からだの見えるところに変形がおこり、失明することも多かった病気です。患者たちは差別と偏見をうけ、むりやり全国の療養所に隔離されていました。愛生園は一九三十（昭和五）年に日本で最初のハンセン病国立療養所として設立されました。

四年後の一九三四年に、詩人でもあった愛生園の歯科医師が、詩の同人仲間の藤本浩一に、詩作する患者の指導を依頼したことで、「詩の講座」がひらかれました。

一九三六年には、この講座のみんなが主になって、第一合同詩華集『長島詩謡』が出ました。これには「詩」のみではなく、歌人の明石海人らの作品もおさめられています。題字は土井晩翠でした。

けれども、戦争はますます激しくなり日本中の紙が足りなくなって、外部の詩誌『日本詩壇』がとじられました。一九四四年には療養所の『愛生』誌も休刊です。

清子が東京から岡山に帰ってきたのはこの頃（一九四五年一月）で、帰ってくれば清子の東京での活躍は伝わっており、詩人として名がとおっていました。

そして、この年、一九四五年八月十五日に、戦争は終わりました。

このとき、大阪大空襲ですべてを失った藤本浩一は消息不明でした。

戦後、プロミンという特効薬がでてハンセン病はなおる病気になったにもかかわらず、人権を無視した隔離政策がつづきました。

療養所の詩人たちは、すこしでも、なっとくできる生きかたをしようと、詩に励む気持ちがつのります。

一九四六（昭和二十一）年に『愛生』誌は復刊されました。一九四八年の七・八・九合併号では詩謡欄も復活です。

一九四九（昭和二十四）年、五月二十三日の長島詩謡会には永瀬清子が、五月二十九日には藤本浩一が参加して、ふたりとも宮沢賢治の詩「雨ニモマケズ」を読みました。

一九五一年発行の第二合同詩集『緑の岩礁』の序文に、清子は、「私は終戦後岡山県に住み、地の理を得ている事により、また先輩藤本先生の御消息不明の時期があったことにより、この島の人々の詩作品を拝見する宿縁を得、次第に今ではこの島の詩人を友人として接するようになった」と書きました。

そして、この年秋から、『愛生』誌の選者は藤本から永瀬になりました。

現在、長島へは邑久長島大橋《おくながしまおおはし》がかかっており、みんな、自由に行き来しています。でも清子がかよっていたころは船でした。

清子は道中のバスや船のなかでも、島での時間を思っていました。患者のみんなに詩のことを話したり、詩の選にむかっているときはさらに熱が入ります。

たくさんのやりとりのなかでも、一九五〇（昭和二十五）年の、愛生園開園二十年を記念して『長島詩謡　戦後一輯《いっしゅう》』を出版のときのエピソードは、清子らしい結果でした。

全国の療養所から文芸作品を募集し、清子がその選評をおこないました。多くの原稿の中から幾晩もかかって入選と佳作をよりだしたのに、肝心の愛生園のひとの作品はあんまり入っていません。

開園二〇周年記念祝賀の日です。清子は思いました。

（もうすこし愛生園からの入選作が多かったら、みんなはどんなによろこんだろう。きっともっと、今日のことをよろこんだろうに）

まじめに「詩」に向かい、作品の出来、不出来だけを一生懸命かんがえて選ぶ。そういう姿勢は清子の性格をよくあらわしています。

一九五三（昭和二十八）年三月に「長島詩謡会」は「長島詩話会」となり、四月に、ニューエイジ詩集『いのちの芽』が出版されました。

これは多摩全生園、長島愛生園、星塚敬愛園、他、全国らい療養所詩人のアンソロジーです。七十三人の詩が掲載されていますが、その詩人たちの、名前、生まれた県、学歴、入園日、愛読書など、全員の略歴も公表されています。編集の大江満雄は、公表することが偏見や差別の壁をのりこえる方法だと思ったのです。

清子は大阪の詩人・小野十三郎とこの詩の選をおこないました。そしてこの『いのちの芽』について、のちに、「ひとり、ひとりに略歴のついていたことは、はじめてのことであると思うが、やはりいいことだった」と書きました。

扉に、愛生学園の小学校六年生、山村昇くんの画が載っている詩集です。

ほかにも、清子と愛生園の詩人たちとの交流は、かぞえきれないほどありました。

一九五四（昭和二十九）年、邑久光明園詩作会発刊の、愛生園との合同詩集『光の杖』。

一九五七（昭和三十二）年、長島詩和会発行の第三アンソロジー『白い波紋』。同人誌『裸形《らぎょう》』の誕生は翌年の一九五八年九月ですが、翌月発行された第二号に、清子は詩論「詩の領土」を書いています。

「・・・詩が何かを解決するということは迷妄だということは私には三〇年ほどかゝってやっと解ったこと。・・・どうでも他に方法がないという時、わしは出ていこうというのが詩の運命だ。同じ病気をしていても病気を手玉にとれる人は詩を書かなくていゝ。どうでも他に方法がない時、詩の領土に足を一歩ふみいれるのだ。詩と別れられない人、それは不幸な人に違いない。そしてそれを無くするためでなく、それとともに生きることだ」（原文のまゝ）

（『裸形』二号）

もし、完治しない病気にかかったとしても、絶望してしまわないで、その病気といっしょに生きるという覚悟を持ってほしい。君がその覚悟を持ってくれるなら、

「詩」は君の隣りに並び、君とどこまでもいっしょに生きることを誓う。

そう呼びかけているのだと、わたしは思う。

病気だけではない。望まない状況に立たされ、でもそこから逃げられないときがだれにでもある。わたしは、十九歳の晩秋に母を病気で亡くした。その秋に姉も嫁いで家を出たので、ひと月のうちに家族は五人から三人になった。その秋は枯葉が夕方の風に乗って舞い落ちるさまや、早朝に踏みしめた霜柱の声をやたらと日記に書いていた。あれは詩だったのではないかと、今思うのです。


愛生園の詩人たちにとって、清子との縁はかけがえのないものでした。清子は一九九五年に亡くなるまで約四十年間、長島の詩人たちとの交流をつづけました。そして清子が亡くなったその年、長島詩話会も休会しました。「詩」を求めているひとがあれば、そして自分がそのひとの詩作に役にたてるのなら、真剣にまじめにうごく清子でした。

11

歩いてきた道

清子がインドの旅からわが家に帰ったのは、一九五五（昭和三十）年六月一日でした。

休むまもなく田植えです。

八月に、広島で「第一回原水爆禁止世界大会」が開催されました。インドでアジアの多くのひとと触れ合い、平和のたいせつさをつよく心にきざみつけて帰国した清子です。もちろん出席しました。

その秋には、越夫さんが定年で退職し、岡山に帰ってきました。

「第二回原水爆禁止世界大会」は、翌年一九五六（昭和三十一）年の八月、東京で開催でしたが、その二か月前、六月のことでした。

清子が明日からの田植えに備えて苗代で苗をとっていると、にぎやかな歌声がながれてきました。

（大人の声のように思うが、……なにやらなぁ？）

顔をあげて声のほうを見ると、西の方から、旗をなびかせて歌いながらこちらに来る一行が見えました。人数は五、六十人もいて、中のひとりはメガホンで周囲によびかけながら歩いています。どうやら一行はこの先の役場へ向かっているようです。

清子は合点しました。

「おお、あれは！　今年の原水爆禁止世界大会に参加のみんなだわ！」

この大会に沖縄から参加する人々が、何十日もかけ、暑いなかを徒歩で、各地の参加者を集めながら東京に向かっていたのです。この行進には、一日だけ飛び入りで参加の者もいるのでにぎやかです。

（そうだ！　わたしも、はせ参じてお茶の接待でも手伝おう）

清子は苗を置くと走って役場へ向かい、一行の小休憩を見とどけました。

それから、ひと休みしたみんながこの先何百キロの道をまた歩き始めたときです。

清子の足はひとりでにみんなのなかに加わって、歩きだしていました。

——不思議にも、明日の田植えの事も夕食の事も、自分が疲れやすい事もすべて忘れて、今この時、核の禁止を訴えなくてはもう時がないかのように心がかぶり、笛吹き男に誘われたハメルンの子供のようについて行った。

一行は和気へ出て南下し、山を越えて、瀬戸内海の片上港へ向かう。時々時雨が来て一行をぬらしたが、とうとう私も歩き、かつ歌いつつ、片上へ着いた。

やっと一行と別れ、片上線で帰宅した時は、もう暗くなっていた。和気へ出るのさえ五キロ近くもあるのに、何故歩けたのか、我ながら解らない。

（「なぜ歩けたのか解らずに」　随筆集『すぎ去れば　すべてなつかしい日々』）

「ねえ、佐菜」

わたしはまた、ここにはいない佐菜に、呼びかけていました。

「おばあちゃんはいつもこの頁を読むと、お元気だったころの清子先生の声や足取り（歩み）を思いだすよ。正しいと思うこと、みんなのこと、平和や平等を願うことでは、大人の清子先生がなんだか小さい子どもみたいにまっすぐで、ね」

良い詩、うつくしい詩を書くには、どういう心がまえで毎日を送ることがたいせつなのかを、わたしは思うのでした。

（まわりの主婦たちからは、先生のこういう行動は理解してもらいにくかっただろう。それどころか、自分自身だって、いつもくたびれきってしまう忙しさをこぼしていたのに……）


清子は、この年ちょうど五十歳でした。

アジアの多くの人たちと交流した経験は、清子にひろい社会にむけての自分の仕事を、つよく意識させた貴重な経験でした。

その頃でした。清子にとって思いがけないことがおこりました。

八月、『黄薔薇』二十五号刊行の後のこと、同人がそろって『黄薔薇』を脱会しました。自分の詩活動の拠点（よりどころ）だった同人誌『黄薔薇』が、知らぬまにくずれていたのです。

（ひとりでつづけることは、無理というもの……）

清子は、力を落としました。

野薔薇のとげなんかは
外にむかって生えてゐるから私よりよほどよい。
私がこの私であるために
すべての不幸や狂ひが来るのではないかと
いつもいつも思ふのだ。
そのとげが一呼吸ごとに私を去らない。
私がもっとあの新田川《しんでん》のせせらぎみたいにすなおだったら

私がもっとあの風の中の蓼のようにやさしかったら――。
けれども私はどうしても私。
今日は豆を刈っていて
その黄金色の枯れ葉のかげに
藍と黒の絣のある蛇が
かさかさに光沢なくかわいているのをみた。
私が手をとめてみつめていると
それはものうげに上体をくねらして
こわばった尻尾を引きずりながら枯草の中へ去った。
ああ可愛そうに。
季節の軌《くびき》が静かにのしかかっていて
あれはあんなに轢かれようとしているのだ。
ああそれでも
外からの軌なら私よりよほどよい。

（「野薔薇のとげなど」　詩集『焔について』）

そのときは子どもの学費がまだかかるので、生活の不安もおおいかぶさってきていました。この頃、頼まれて作詞した校歌は三十を超えます。でも、とてもおいつきません。

清子にとって、無我夢中の数年間でした。

それでも、わるいことばかりが続くような気がするときでも、こころ静かにして後で考えてみれば、よいこともあったじゃないかと気がつくのが人生です。

事情はなにも知らないけれど、「詩人・永瀬清子」に会いたい一心で訪ねてきた若い藤原菜穂子が同人になって、『黄薔薇』は続けられることになりました。発行所は「永瀬方」です。しだいに男性の同人も入ってきました。

また、どうしても必要な現金収入についても、清子はもっと自分が働くことを決心して、道をひらきました。

知りあいだった岡山県知事の三木行治が、県庁社会教育課内にある世界連邦岡山協議会の事務局をすすめてくれたのです。

一九六三（昭和三十八）年、五十七歳のときから清子は勤めをはじめました。

二年後には自分の健康を思って、通勤に便利な岡山の街中の家に移ったので、何かと便利になりました。

六十三歳のとき、ことわりきれずに同人誌『女人随筆』の発行者にもなりました。すると同性の仲間が増えました。

そして、何よりうれしかったのは、永瀬清子の仕事として誰もが認める「短章」という原稿が、本になるべく動き始めたことです。

清子は、短い詩的な文章の「短章」も、たいせつな仕事と思っています。

まだ二十代の『麺麭』同人のころから、みんなのような前衛的な詩が書けないなら、と、詩に変えてアフォリズム的なものを発表していました。その後も、いつも忙しい清子の日常からほとばしり出てきたことばや、詩の種のようなものを忘れてしまわないうちにと、とにかく書きとめておいた、「短章」です。

それはどこの出版社でも「出す」と言ってくれなかった原稿でした。

けれど、一九七二（昭和四十七）年、清子が六十六歳の夏です。詩人の吉本隆明が岡山に来たとき、「短章集」を読んで、言ってくれたのです。

「原稿をしばらく貸してください。ぼくの雑誌『試行』に載せれば、きっとどこかから声がありますよ」

そのことばどおりに、二年後の一九七四年、『短章集』は思潮社から刊行されました。読者に大きな感動を与えた「短章集」の作品たちです。


「欠乏」を持っている人は物事の本質を早く見ぬく。

プライドのために自分の「欠乏」をみとめまいとしている人は、その特長を自ら捨ててしまう。

それが老人などによく見る「頑冥《がんめい》」にほかならず、病気、貧乏、幼稚、単純な老い、青年の大望、などすべての物事の不足状態は、一つの価値であるのを、多くの人は気づかない。

そして自分が「何一つ欠乏していない」ことのみこいねがい、誇ろうとしている。

（「欠乏」短章集『焔に薪を／彩りの雲』）

詩にリズムが必要であることは、おどるためではなくて精神の壁にきざみつける方法だからだ。リズムは錐《きり》だ。

（「詩にリズムが」短章集『蝶のめいてい／流れる髪』）

世界連邦岡山協議会の務めは、東京出張がありました。清子はその上京のとき、ひとりでも多くの詩人や文化人に逢って、親交をふかめていきます。

そんなある日、東京で『黄薔薇』同人の家へ泊っていた清子に、荻窪のシミズ画廊から電話がありました。

要件は、「永瀬清子の展覧会をしませんか」です。

話はとんとんと決まり、一九七五（昭和五十）年、清子が六十九歳の七月に、

『永瀬清子の来た道展』が開かれました。伊藤信吉、高田敏子他、東京在住の詩人や友人など大勢がきてくれて、大成功の展示会でした。

晩年になってその生き方や作品が大きく評価されていく清子の、最初のできごとといってもいい、八日間でした。

伝えたい詩の心

『短章集』は評判がよくて売りきれました。そこで三年後に、『蝶のめいてい』『流れる髪』として装丁も新しく、ふたたび出版されました。今度の装幀は谷川俊太郎さんが引き受けて下さったのです。

出版記念会のときも、多くの詩人たちが集まって、祝福をしてくれました。

清子は心からうれしく思いながらも、七十一歳という自分の歳をふりかえります。自分に、言い聞かせました。

（歳を不安がっていてはだめだ。注目されている今こそ、詩に全力で向かうのだ）

時間はいくらあっても足りません。

十五年間勤めた世界連邦事務局へ、退職の願いを出しました。

ひきとめられましたが、まよいません。

「もうこれからの時間は、わたしが望んでいたようにすごします」

そして若い仲間たちと共に、清子が「発行人」になっている、同人誌『黄薔薇』と「女人随筆」の定期刊行に邁進しました。

一九七九（昭和五十四）年五月には、一度は訪ねたいと願っていた宮沢賢治の生地、花巻を訪ねました。

宮沢清六さんと会い、賢治ゆかりの羅須地人協会なども訪ねました。

夕方、花巻温泉の宿に着いたとき、清子の肩にふれた満開の八重桜があります。

清六さんにその桜のことを話すと、それは賢治が植えた桜だとおしえてくれました。

清子は、賢治が待ってくれていたような気がしました。

翌日は、高村光太郎が戦後の七年間を過ごした「高村山荘」を訪ねました。ここで光太郎は、精神の病で亡くなった妻・智恵子のことや、戦争中に書いてしまった詩のことを思い、ひとりで農耕生活に暮れたのです。

おなじころ、おなじように田舎で農耕生活に励んでいた清子は、同士のような気がしていた詩人です。

「いとしぼに！（ああかわいそうに）」

清子は、金沢弁で、もうとっくに亡くなっている光太郎にむけて、つぶやいていました。

翌年の七十四歳のときには、「山陽新聞社賞」を受賞しました。短章集は3冊目『焔に薪を』が、同じ出版社、思潮社から出ました。散文集『かく逢った』もこの年です。

二年後、日本現代詩人会で、伊藤信吉とともに先達詩人として顕彰されました。

この頃は、著書の出版が続きます。絵本『ひでちゃんのにっき』（絵・堀内誠一）。随筆集『うぐいすの招き』、随筆集『光っている窓』。

体力はおちているけれど、でも、思う存分、机に向かえる日々なのです。

清子のそんなうれしい忙しさを見とどけたかのように、一九八四（昭和五十九）年十二月、夫の越夫さんが亡くなりました。

（もともと会社勤めが好きではないひとだったのだ。田の仕事はよく手伝ってくれた）

しずかに偲ぶ、清子です。

二年後の一九八六（昭和六十一）年に、宮沢賢治の詩や童話を読み解く『天気輪の会』がはじまりました。

またこの年の八月には、神奈川県葉山の関東学院大学「葉山ポエトリーセミナー」に招かれ、自分の詩を朗読しました。

年が明けて出版された詩集『あけがたにくる人よ』は、一気に注目をあびて、「地球賞」と「現代詩女流賞」という二つの賞を受賞です。

一九九〇年も、随筆集『すぎ去ればすべてなつかしい日々』と、現代詩文庫『永瀬清子詩集』が出版されました。

そうして、一九九三（平成五）年、八十七歳の秋です。

これまで何度も清子の相談にのってくれていた谷川俊太郎さんと、清子との、「詩の朗読会」が、十月十六日に岡山市立オリエント美術館で開かれました。それは会場のみんなが、楽しいひとときの会でした。


それから約一年後の、十一月二十日です。

清子は脳梗塞で倒れて、岡山済生会病院に入院しました。

病院のベッドでも、いつも詩のことを夢にみていたのではないでしょうか。

明治、大正、昭和、平成と、日本が何度も大きな波をのりこえようと動いた四つの年号を、いつも片手に「いのち」をにぎりしめ、まっすぐに、女性の「自立」と「解放」を求めて生ききった女詩人・永瀬清子です。


倒れる二か月前に書いたエッセイ、「かえりみて」です。

——詩を書く人になろうと心をきめたのは、十七才の冬から十八才の春ごろのことで、世の中は女性の仕事にすこしも適切な価値評価をしていないと不満な思いがあふれ、それを対等に要求するには、逆に最もむつかしい詩歌の道で力こめるしかない、と自分で判断したのだ。

だから書きはじめると決して途中で休んだり、やめたりは出来なかった。

——書きつづけ、やがてもう絶対にペンをとれぬ日が来た時、「ここまでは書いていてくれたのか」と人々がにっこりしてくれること。「元気だして自分たちもあとはつぐよ」と云ってくれること。それは詩の道は遠いから、限りなくつづく筈だから——。

それを願いたいのだ。

（『黄薔薇』一四三号）

退院することはなくて、一九九五（平成七）年、二月十七日、ちょうど八十九歳の誕生日の朝に亡くなりました。

翌日の葬儀は、岡山市内の妙善寺で、とりおこなわれました。

その日境内にいたおおぜいの参列者たちは、二月の空からの懐かしい声を聞きとりました。

「バトンは、渡したからねーっ」

現代詩の母、永瀬清子の声です。

生家はいま、きちんと修復されて、だれでも詩に親しめる家になっています。

わたしは、半月後の真夏のこの庭に、佐菜とふたりでまた来ます。

そのときここで佐菜に伝えたいのは、永瀬清子の「詩のこころ」です。

それは、世の中をおおきなひろい眼で見て、他国のひとやどんな立場のひとにも「理解しあいましょう」と手をさしだすことや、たくましい母親のこころで、いのちを守ることが一番の仕事だ、と、どんな状況のときにも、ひるむことなく立ち向かっていく生き方でした。

「詩をかくのは」それは「思い」をくっきりさせたいからだ。
自分をみつけ自分の流れを流れたいからだ。
（「詩をかくのは」　短章集『焔に薪を／彩りの雲』）

詩人はただ美しいある性質を求める仕事なので、
本当は「井戸掘り」とか、「鉱夫」などと同じものだ。
（「詩人」　短章集『蝶のめいてい／流れる髪』）

あとがき

詩人・永瀬清子が亡くなって二十九年になります。もうそんなに過ぎたのかと少しおどろきながら先生の詩集を手にすると、今でも鮮明に、いろいろな場面が思いだされます。

それはわたしだけのことではありません。永瀬清子が生まれ、そして戦後の混乱のときから亡くなるまでを過ごした岡山では、清子を慕ういろいろな催しが、何かと開かれているのです。

昨年の春には、清子が愛知県立高等女学校時代を過ごした名古屋でも、『現代詩の母・永瀬清子と現代詩の長女・茨木のり子展』が、文化のみち二葉館でひらかれました。

〈先生がこの地で過ごしたのは、多感な女学生のときだった。あの頃の名古屋は、どんな景色だったのだろう。どんな道を『上田敏詩集』を手に、はかま姿で闊歩さ

れていたのだろう）
わたしは初めての地でそんな場面を想像しながら、空を仰いでいました。
そしてしみじみと、清く、美しく、逞しかった永瀬清子の生き方を思ったとき、今、じぶんの生き方を手探りしているだろう十代の皆さんに、永瀬清子の生き方を伝えたい、と、意を強くしました。

わたしは、一九四八年生まれです。高校1年生の夏休みでした。学研出版社から緑色の万年筆が届きました。それは春休みに、ふいと出てきた「詩」を雑誌『高1コース』の詩の欄に送っていたら「特選」になった、ということの賞品でした。万年筆も嬉しかったけれど、もっと嬉しかったのは、全国の同級生から四十通もの手紙をもらったことです。（当時は番地まできっちり載っていました）
書いたものは山の向こうの知らない人にも届くことを実感して、じぶんはそのことがこんなに嬉しいのだ、と、じぶんについての大きな発見をした気分でした。
だけれど、わたしは田舎の県道を、片道十キロメートルの自転車通学です。時間も体力も全く余裕がない毎日で、文学少女にはなれませんでした。

その後も、十九歳の秋に母が亡くなって、涙も出ないほど寂しい数年がつづき、詩から遠くなっていました。やっと「書くこと」を意識し始めたのは、結婚後です。ふたりの子どもが幼稚園生になってからでした。

それまでにも「詩」らしきものがふいと出てきたら、一応ノートに書きとめていました。けれど、もっときちんと「書くこと」に向かいたかったのです。我が子にむけての童話を書きたいと、倉敷の童話同人誌に入りました。そこで出会った高田千尋さんは詩を主に書いている方でした。

ある年、「詩も好き」というわたしに、「送ってみたら」と言って『岡山県詩集』の募集チラシをくださったので、書きとめていた数編の中の一篇を送りました。無事に収載されて、市内のホテルでの出版記念会に出席した日のことを、今でもはっきり覚えています。

高田さんより他に知人はいないので同じテーブルに着きました。そこが『黄薔薇』の席で、隣りのやさしい声の婦人が、永瀬清子先生だったのです。

先生はわたしの他の詩も読んでくださり、わたしは一九八七（昭和六十二）年発行、「創刊35周年記念、『黄薔薇』120号」から、『黄薔薇』同人になりました。

先生が八十一歳、わたしが三十七歳のときでした。

それから後の八年間に、たくさんのやさしさを、ごく普通に感じさせてくださいました。もちろんわたしだけにではなく、みんなにです。

その頃の『黄薔薇』は年に3～4回発行されていたので、「詩」がつぎつぎ活字になります。わたしは五年後に、初めての詩集『生まれる』（編集工房ノア）を出版しました。その跋文を書いてくださっていたときです。「永瀬だがね」と、電話がかかってきました。「今書いているのだけど、童話の本二冊が何かに指定、選定されたと言っていただろう。あれは何だったかね」

先生はわたしが何気なく話したことを思いだして、少しでも盛り立ててやろうと思ってくださったのです。わたしが「全国学校図書館協議会選定図書」と「西日本読書感想画コンクール指定図書」であることをお伝えすると、「わかった」と電話をきって、そして二件を跋文にはっきり書いてくださいました。先生のやさしさを、直接感じたできごとでした。

また、その第一詩集を『高1コース』の選者だった詩人の伊藤新吉さんに謹呈したときのことです。伊藤さんからのハガキをお見せすると、先生はハガキを持った手をひざに置いて、しばらく、遠い目になっていました。今、この「あとがき」を書きながら、あれは先生の人生のなかで何度かの伊藤さんとご一緒だったときを懐かしんでいたのだ、と思い、それも先生のやさしさだと感じました。

他にも、わたしは誘われて花巻のある民宿の記念会に参加したことがあるのですが、その会には思いがけず宮沢清六さんが来られていました。最後に全員で賢治のお墓参りをしたとき、わたしはまるで永瀬先生から言づてでも頼まれていたかのような気持ちになり、清六さんに追いついて言いました。「岡山から来ました。永瀬先生の黄薔薇で学んでいます」清六さんは、言われました。「永瀬さんはお元気ですか」「はい。お元気です」

このことを先生にお話ししたときも、先生は来し方を思い起こしているような姿勢でした。

今、わたしはこの花巻での写真を手にしています。そして思っています。

他人にやさしいのはもちろんだけど、じぶんが歩いてきた道を大切に、心にしっかり入れておくことも、やさしさだ。じぶんを大切に思うじぶんへのやさしさだ、と。たくさんのことを教えてくださった先生でした。

立派な先生の生家が朽ちかけているので守ろう、という声が起こって、保存会が発足しました。わたしは平成十九年「永瀬清子生家保存会第1回企画委員会」のときから、企画委員の一人として、約六年間、活動しました。その間に、どこの田で田植えに励んでおられたのか、どんな世帯場（台所）どんな竈の火と向い「焔について」の詩を書かれたのか等、詩が生まれた場所や多くのことを学ばせていただきました。

最後に、この本を手にしてくださった皆さまへ。ありがとうございます。永瀬清子のことばが今を生きる女性たちに届くことを、心から嬉しく思っています。

川越文子

永瀬清子著書

・詩集

『グレンデルの母親』　歌人房、一九三〇年
『諸国の天女』　河出書房、一九四〇年
『星座の娘』　目黒書店、一九四六年
『大いなる樹木』　桜井書店、一九四七年
『美しい国』　爐書房、一九四八年
『焔について』　千代田書院、一九五〇年
『山上の死者』　日本未来派発行所、一九五四年
『海は陸へと』　思潮社、一九七二年
『永瀬清子詩集』　思潮社、一九七九年
『続永瀬清子詩集』　思潮社、一九八二年
『あけがたにくる人よ』　思潮社、一九八七年

『卑弥呼よ卑弥呼』　手帖社、一九九〇年
『永瀬清子詩集』　現代詩文庫　思潮社、一九九〇年
『春になればうぐいすと同じに』　思潮社、一九九五年

・短章集
『短章集』　思潮社、一九七四年
『蝶のめいてい　短章集1』　思潮社、一九七七年
『流れる髪　短章集2』　思潮社、一九七七年
『焰に薪を　短章集3』　思潮社、一九八〇年
『彩りの雲　短章集4』　思潮社、一九八四年

・随筆集
『かく逢った』　編集工房ノア、一九八一年
『光っている窓』　編集工房ノア、一九八四年

『すぎ去ればすべてなつかしい日々』　福武書店、一九九〇年

・絵本

『ひでちゃんのにっき』　福音館書店、一九八一年

『ぼくと母さんのうた』　手帖社、一九八七年

おもな参考資料は右記の本人著書の他に、

『永瀬清子』　井坂洋子　二〇〇〇年　五柳書院

『女性史の中の永瀬清子――戦前・戦中篇』　井久保伊登子　二〇〇七年　ドメス出版

『女性史の中の永瀬清子――戦後篇』　井久保伊登子　二〇〇九年　ドメス出版

『母　永瀬清子の思い出　時代を駆けぬけた詩人』　井上奈緒　二〇一一年

手帖舎
『永瀬清子とともに』　藤原菜穂子　二〇一一年　思潮社
『黄薔薇一四三号　永瀬清子追悼号』　一九九五年　他『黄薔薇』
『月の輪教室10、000人が参加した古墳発掘・新しい歴史教室』　一九七八年　月の輪古墳刊行会
『月の輪古墳』　近藤義郎　一九九八年　吉備人出版
『新修宮沢賢治全集　第七巻』他　宮沢賢治　一九八〇年　筑摩書房
『宮沢賢治　見者の文学』　栗谷川虹　一九八三年　洋々社
○国立療養所長島愛生園、園内誌『愛生』他の誌。一九四九年から一九九五年、永瀬清子逝去までの約四十年にわたる交流の記録。
『詩とは何か』　伊藤信吉・井上靖・野田宇太郎・村野四郎・吉田誠一編　一九七六年　角川書店
『近代詩から現代詩へ　明治、大正、昭和の詩人』　鮎川信夫　二〇〇五年　思潮社

『雨月物語』全訳注　青木正次訳　一九八一年　講談社学術文庫
『草迷宮』　泉鏡花　一九八五年　岩波文庫
『谷川俊太郎選　永瀬清子』　二〇二三年　岩波文庫
『新稿　日本女性史』　宮城栄昌・大井ミノブ編　一九七四年　吉川弘文館
『日本女性史』　脇田春子・林　玲子・永原和子編　一九八七年　吉川弘文館

【著者略歴】

川越文子（かわごえ　ふみこ）

1948年　倉敷市に生まれる。
日本児童文芸家協会・日本童謡協会・日本現代詩人会会員。
2014年　聖良寛文学賞受賞。

著書

○児童文学
1991年　『坂道は風の通り道』（くもん出版）
1992年　『モモタとおとぼけゴンベエ』（国土社）
1996年　『かこちゃん』（文研出版）
1997年　『お母さんの変身宣言』（文研出版）
2001年　『ジュウベエとあたし犯人を追う』（文研出版）
2004年　『ジュウベエと幽霊とおばあちゃん』（文研出版）
2022年　『バラ公園のひみつ』（文研出版）
アンソロジー
2005年　『10分で読めるお話　五年生』に詩「・・・できるなら」（学研）
他多数

○詩集
1993年　詩集『生まれる』（編集工房ノア）
2002年　詩集『ぼくの一歩ふしぎだね』（銀の鈴社）
2006年　詩集『うつくしい部屋』（思潮社）
2008年　詩集『もうすぐだからね』（銀の鈴社）
2009年　詩集『対話のじかん』（思潮社）
2012年　詩集『魔法のことば』（銀の鈴社）
2015年　詩集『ときが風に乗って』（思潮社）
2018年　詩集『赤い車』（銀の鈴社）

表紙写真提供：日本近代文学館

現代詩の母　永瀬清子

発 行 日　　2024 年 4 月 29 日　初版第一刷発行
著　　者　　川越文子
発 行 者　　佐相美佐枝
発 行 所　　株式会社てらいんく
〒 215-0007　神奈川県川崎市麻生区向原 3-14-7
TEL　044-953-1828　　FAX　044-959-1803
http://www.terrainc.co.jp/
印 刷 所　　モリモト印刷株式会社

ISBN978-4-86261-186-4　C0095